# La luz de Candela



Novela

# Mónica Carrillo
# La luz de Candela

Planeta

El papel utilizado para la impresión de este libro es cien por cien libre de cloro y está calificado como **papel ecológico**.


Avinguda Diagonal, 662, 6.ª planta. 08034 Barcelona (España)
www.planetadelibros.com

Adaptación de la cubierta: Booket / Área Editorial Grupo Planeta
Fotografía de la cubierta: © Irene Lamprakou / Arcangel-images
Fotografía de la autora: © Guadalupe de la Vallina
Primera edición en Colección Booket: octubre de 2015

Depósito legal: B. 19.209-2015
ISBN: 978-84-08-14389-5
Impresión y encuadernación: Liberdúplex, S. L.
*Printed in Spain* - Impreso en España

**Biografía**

Mónica Carrillo es licenciada en Periodismo, diplomada en Turismo y cursó estudios de Arquitectura. En la actualidad presenta las Noticias de las 9 en Antena 3, empresa a la que lleva vinculada desde 2006 y donde ha pasado por todas las ediciones. Anteriormente trabajó como redactora y presentadora en TVE y en la Agencia Efe. También ha realizado entrevistas a personajes de actualidad, colabora en radio y escribe artículos para distintas publicaciones. Muy activa en las redes sociales, su perfil de Twitter, @MonicaCarrillo, ha conseguido la fidelidad de cientos de miles de seguidores que siguen diariamente sus comentarios y #microcuentos. *La luz de Candela* es su primera novela.

*A mis padres,*
*que me enseñaron la incondicionalidad del amor*

## VIDA

*Después de todo, todo ha sido nada,*
*a pesar de que un día lo fue todo.*
*Después de nada, o después de todo*
*supe que todo no era más que nada.*

*Grito «¡Todo!», y el eco dice «¡Nada!».*
*Grito «¡Nada!», y el eco dice «¡Todo!».*
*Ahora sé que la nada lo era todo,*
*y todo era ceniza de la nada.*

*No queda nada de lo que fue nada.*
*(Era ilusión lo que creía todo*
*y que, en definitiva, era la nada.)*

*Qué más da que la nada fuera nada*
*si más nada será, después de todo,*
*después de tanto todo para nada.*

*José Hierro*

*Te vi pasar fugazmente y pedí un deseo*

**#microcuento**

# 1

A veces la vida me viene grande. O quizá sea yo la que se vuelve pequeña ante tantas cosas que no entiendo. No lo sé. Tampoco sé por qué te quise tanto, por qué te sigo queriendo. Ni por qué me cuesta tanto olvidarte. No entiendo que puedas pasar sin mí, sin mis besos. Nadie me ha besado como tú, me decías. Y, sin embargo, prefieres no besarme. O quizá te mueres de ganas y no te atreves a reconocerlo. Es eso. Tiene que ser eso. Ha pasado tanto tiempo que no te atreves a acercarte por miedo a que esté con alguien, a que te diga que no, que ya no te quiero.

Pero ¿qué hago? ¿Te estás escuchando, Candela? Tengo que dejar de autoengañarme y de fantasear contigo. Mi eterno problema: mi empeño en idealizar lo nuestro, nuestra historia de amor. En idealizarte a ti. Siempre en lo alto, un paso por delante, siempre inalcanzable, siempre una pieza carísima de conseguir. Cuántas trampas me he encontrado a lo largo de estos años. Y caí en todas. La primera, aquel primer día.

Recibí un mensaje en el móvil. Decía: «Pon música, que ya salgo para allá». A esas alturas yo todavía no sabía muy bien qué venías a hacer a mi casa un sábado por la tarde. No me creía que tuvieras interés por mí. Hacía un rato que había terminado de comer y para calmar los nervios que me producía tu visita, me duché y me vestí de manera informal. No quería que notaras que te estaba esperando impaciente.

Me puse un vaquero corto y desgastado que yo misma había cortado y una camiseta negra que caía ligeramente hacia un lado dejando al descubierto un hombro. En los pies, unas chanclas de playa que mostraban sin pudor las uñas esmaltadas para la ocasión en tono coral. El pelo recogido, sin maquillaje y el quemador de canela soltando aroma.

Al fin sonó el timbre. Salté como un resorte, pegué un respingo y miré el calendario ilustrado con escenas de clásicos del cine que había colgado en la cocina. Era 12. Ese día lo tenía marcado en rojo porque por la noche iba a un concierto. Sonreí y bajé a abrirte. Llevaba seis meses viviendo en aquella casa y todavía no había reparado el telefonillo. Varios años después dejaría la casa y aquel aparato seguiría sin funcionar. Bajé los peldaños de dos en dos. Las piernas me temblaban, pero las ganas podían a la inquietud que me provocaba aquel encuentro.

Abrí la puerta y allí estabas tú. Tan guapo, tan

alto, tan fuerte, tan, tan, tan. Así te veía yo: tan todo. Llevabas unos vaqueros y una camiseta blanca que destacaba tu bronceado. Una mirada, y tu sonrisa dejó al descubierto esos dientes perfectamente ordenados que muy pronto se iban a convertir en un escenario tan familiar para mí. Ni siquiera nos saludamos con dos besos. Ambos éramos conscientes de que aquella visita supondría un punto de inflexión en nuestra relación.

Entramos en casa y nos sentamos en el sofá. Sonaba música de fondo y te ofrecí un café. De nuevo tu sonrisa anunciando que no querías nada. «Un poco de agua», sugeriste finalmente. «Agua», pensé yo. ¡Menuda fiesta!

Traje el vaso y nos quedamos en silencio. En un último esfuerzo por hacer más llevadera la incómoda situación me preguntaste qué estaba haciendo. Improvisé algo, creo que te dije que estaba viendo una película y te enseñé algunos CD que tenía guardados en el mueble sobre el que se apoyaba la televisión. Intentaba ganar tiempo, no sé muy bien para qué.

Te diste cuenta de que tenías el control. Me miraste con ternura, esa mirada de cuando detectas que el otro lo está pasando fatal. Alargaste el brazo y golpeaste con la mano el sofá mostrándome el camino de vuelta, ese que estaba a punto de emprender.

Cerré la puerta del mueble, me acerqué adonde estabas y me senté junto a ti. Aun así, guardé una distancia prudencial porque mi agitado corazón me alertaba de que comenzábamos a pisar arenas movedizas. Volviste a sonreír al ver mi nerviosismo y entonces llegó aquella frase: «Ven aquí, tonta». No hizo falta. Fuiste tú quien se acercó y quien puso sus labios sobre los míos.

Ese fue nuestro primer beso. En realidad fue una primera toma de contacto porque yo me aparté en cuanto noté el roce de tu boca. Me incliné bruscamente y me tapé la cara con las manos. De repente tuve miedo. De ti, de lo que podía suponer aquel beso.

Volví a mirarte y allí te encontré, con esa mirada verdeazulada tan cristalina que yo apenas podía sostener. Y tu barba, que ya había comenzado a salir y me pedía a gritos que la acercaras a mi piel. Y tu boca, esa media sonrisa perfecta que me anunciaba que en breve volverías a la carga.

«Tenía muchas ganas de saber cómo besabas», me dijiste. Empezaste a acariciar mis piernas y a besarme el cuello hasta que de nuevo tus labios se encontraron con los míos. Y, entonces, ya no me pude separar.

Nos besamos durante un buen rato. Fue un beso suave, de reconocimiento. Nos estábamos presentando, dándonos a conocer.

Fuimos buscando recovecos, hasta aquel momento desconocidos, y cuando nos detuvimos me di cuenta de que aquel beso me iba a complicar la vida. No sabría decir el motivo, pero me saltaron las alarmas. Lo intuí, aunque mi intuición se quedó corta. Muy corta.

Te levantaste y me cogiste de la mano. Me dejé llevar hasta la habitación y allí me desnudaste. De repente esa imagen me hizo alejarme por un instante de la agitación que me había provocado nuestro primer beso. Al verte casi desnudo en mi dormitorio supe que ya no había vuelta atrás, así que decidí dejarme llevar.

Al día siguiente recibí unas flores.

A partir de entonces fueron sucediéndose los encuentros. Sábados en mi casa, domingos en la tuya, cenas, visitas fugaces a la hora del café, escapadas de fin de semana, hoteles recónditos, viajes, desayunos. Citas siempre envueltas en un halo de misterio porque eran casi siempre improvisadas.

La adrenalina que me generaba la sensación de no tenerte seguro no era comparable con nada que hubiera experimentado antes. De repente, me parecía que estaba viviendo con los cinco sentidos. Te convertiste en el centro de mi vida y mis rutinas. Mi día a día era una película en blanco y negro si tú no aparecías en algún momento. Tú aportabas el color.

Nos escribíamos y nos llamábamos a cualquier hora. Nos dábamos los buenos días y tu mensaje de buenas noches era el que me permitía meterme en la cama con cierta paz. Nunca completa.

## 2. BERTA:
## CANDELA A TRAVÉS DEL OBJETIVO

—

Creo que Candela es fotógrafa porque no podría haber sido nada mejor. Hay veces que la vida te coloca en el sitio adecuado para que todo encaje. Y a ella le encaja la vida en momentos, instantes congelados que luego recuerda para siempre. Por eso se acuerda perfectamente de cuando, tumbada sobre su padre en el sofá, se quedó dormida una tarde. Recostada sobre él, con la cara apoyada en su tripa, su pequeño cuerpecito se movía al compás que marcaba la respiración de aquel gigante protector. Y en ese momento hizo una foto. Y para siempre ha quedado en su álbum de recuerdos esa estampa de padre e hija compartiendo sueños sin hablar.

Por eso, cuando tantos años después, lo contempló de nuevo dormido e intubado y escuchó su respiración entrecortada notó un pellizco profundo al comprobar que esta vez no podría descansar sobre él. Por un momento sintió que debía saltar sobre aquella camilla industrial y desalmada que cambia de inquilino con una frialdad pavorosa. Le dieron ganas de enroscarse a su lado y apoyar la cara sobre su pecho para que sintiera que estaba a su lado, que siempre lo había estado aunque la mayor parte del tiempo fuera en silencio. Y, de ese momento, también hizo una foto.

Unos metros más allá —lejos del bullicio de los pasillos del hospital— encontró un recodo donde pudo desahogarse y echar fuera todo ese miedo contenido. Y lloró, lloró un buen rato sin que nadie la viera. Y también entonces saltó el *flash* de esa instantánea que salió algo más borrosa y con los marcos de una polaroid.

Candela guarda tantas fotos de su vida que es imposible poner orden, organizarlas. El álbum de sus recuerdos se amontona. Y las montoneras no son buenas porque al final acaban por venirse abajo. Se vino abajo cuando vio el nombre de su abuela escrito en la puerta del tanatorio y cuando se asomó a ese escaparate en el que se muestra a los muertos en una especie de última voluntad de ser contemplados. Se le resbaló de las manos esa foto en la que se veía a sí misma apoyada en ese frío vidrio y al otro lado estaba su abuela, que ya no se inclinaba, ni la miraba, ni le hacía un gesto cómplice. Y se derrumbó y se encogió en una esquina y se quedó en cuclillas hasta que comprobó que su abuela ya no vendría a preguntarle por qué lloraba. Y al resbalarse esa foto, se fue con ella parte de su infancia, de los veranos en la playa y de las horas muertas tomando el sol en la puerta de su casa. Y ese momento también lo fotografió.

Igual que hizo la foto de aquel día que su madre se hizo pis encima porque le dio un ataque de risa cuando salió de la habitación disfrazada y cantando sin apenas poder contener las carcajadas. Esa risa contagiosa, inabarcable. Esa risa de su madre la tiene puesta con un gran marco y paspartú en el umbral de su adolescencia.

Y es que lo que más le gusta fotografiar a Candela son primeros planos y sonrisas. Por eso hubo un tiempo en el que se colgó la cámara al cuello y dejó la vida pasar sin tomar ni una fotografía.

Al principio Manuel se convirtió en su modelo favorito, una suerte de musa de la que buscaba todas las posturas y poses posibles. Y fue colgando en su corcho mil imágenes del chico. Llamando a la puerta por sorpresa, guiñándole un ojo, riendo bien fuerte, mordiéndose el labio mientras sonreía tímidamente, agarrándola por la cintura, acariciando su piel, recorriendo con sus dedos el camino marcado por ella. Las piernas de ella abrazando su cuerpo, los brazos de él envolviéndola a ella. Su boca entreabierta mientras él le contaba la historia más interesante del mundo, los ojos de él mirándola de cerca.

Y así fue llenando su mural. Un mural que al final logró ocupar todas las paredes de su casa.

*Me gusta*
*tu cara y tu cruz*
*Tu frente, tu canto*
*y tu silencio*
*Me gusta*
*si me tocas*
*a contraluz*
*Y hasta tu miedo*
*cuando me notas*

#microcuento

# 3

Aquellos días me sentía la mujer más afortunada del mundo. No sabría explicar la sensación. De repente había surgido un cosquilleo constante en mi interior. Sucedió que mi sangre dejó su estado habitual para convertirse en una especie de champán suave. Pequeñas burbujas habían alterado mi tranquila circulación.

En ese estado de semiefervescencia fuimos provocando más encuentros. Yo te silbaba y tú venías. Te inventabas quedadas imposibles. Buscábamos huecos para vernos incluso cuando estábamos trabajando.

Aquel día estaba haciendo un reportaje a esa actriz de piel blanca, ojos verdes y facciones perfectas. Quería mostrar la sensualidad de aquella belleza tan frágil.

Te había mandado un mensaje en el que te decía que la localización era perfecta y que tendríamos que volver a aquel restaurante otro día. Con un toque oriental y un ambiente muy zen, las mesas se distribuían de forma anárquica por todo el local, de modo que nunca tenías al lado a ningún comensal. Esa sensación de privacidad aportaba al lugar una gran intimidad y calidez. Inspiraba confianza. Invitaba a quedarse a disfrutar.

En las fotos también quedó retratada esa atmósfera agradable. Yo intentaba transmitir todo eso en el reportaje de aquella mujer. Su última película la encorsetaba aún más en cierta rigidez y ahora, con la entrevista y la sesión fotográfica, pretendíamos romper con su imagen fría y estereotipada. Y la dinamitamos. Saltó por los aires allí mismo.

Colocamos unos cojines enormes en el suelo, le soltamos su larga melena castaña e hice que se tumbara. Llevaba un vestido negro sofisticado y muy ceñido con unos detalles en verde en la parte superior. Eran lentejuelas que centelleaban según les incidía la luz. Los zapatos eran de infarto, de esos con los que resulta imposible dar un paso salvo que seas una diosa del celuloide. Ella lo era, pero, aun así, preferí que se tumbara.

Tomé varias fotografías en las que en el primer plano aparecían sus pies, uno calzado y otro desnudo. En ese escorzo, las piernas surgían ligeramente separadas, las rodillas apenas se rozaban y la cabeza quedaba apoyada en su brazo.

La postura era perfecta, solo faltaba la mirada. Y

entonces se lo dije: «Mírame como si te acabaran de echar el polvo de tu vida». Al principio sonrió e incluso se ruborizó levemente —no teníamos confianza para aquello—, pero después se fue metiendo en el papel. Ese rubor que había aparecido en sus mejillas de manera espontánea y natural nos sirvió de ayuda.

Se humedeció los labios y justo en ese momento me la dio. Hubo muchos intentos, pero me di cuenta perfectamente de que esa era la foto que quería. La boca entreabierta, la lengua acariciando suavemente el labio inferior y los ojos lanzando una mirada que me perdonaba la vida. Aquella mujer acababa de echar el polvo de su vida y yo había capturado el momento.

Tan buena resultó aquella interpretación que he de reconocerte, Manuel, que me excité durante la sesión. Me puse en su piel y por un momento me imaginé tumbada contigo sobre aquellos cojines.

Por eso te mandé un segundo mensaje en el que te daba la dirección exacta del restaurante y te decía: «Si me buscaras ahora, me encontrarías». Cuando llegaste no me lo podía creer. Te habías plantado allí en medio de una sesión de trabajo. Y, claro, viniste a buscarme y me encontraste, como ya te había anunciado. Hicimos un receso para almorzar y entonces fue cuando decidimos hacer nuestro aquel lugar.

Con la mirada nos lo dijimos todo. Una señal y nos metimos en el baño de señoras. El corazón me iba a mil por hora. Solo pensar que alguien nos podía encontrar allí me aterrorizaba, pero aun así entramos. Los servicios estaban al nivel del restaurante. Amplios, muy bien decorados y con una fuente enorme a la entrada que sirvió para amortiguar el ruido de los gemidos que vinieron a continuación.

Entramos en uno de los servicios y, al cerrar la puerta, comprobé que había un espejo en la parte interior. Nada más echar el cerrojo me metiste la mano por debajo de la falda, la subiste hasta el ombligo para encontrar el comienzo de las medias e introdujiste dentro tu mano. Al notar el contacto con tu piel me estremecí. Mis deseos se estaban cumpliendo. El genio de mi lámpara se había plantado allí mismo para hacerlos realidad.

Todavía no nos habíamos besado. Nos mirábamos de cerca y nuestras bocas dejaban salir entrecortado el aire. Manteníamos una distancia de seguridad cada vez menos segura y menos distante. Alargué mi mano y la puse en tu entrepierna. Ahora estábamos en igualdad de condiciones.

Sin pensarlo me lancé a tu boca y allí estabas tú para recibirme. Aquellos besos apasionados nos encendieron aún más. Tu mano siguió buscando zonas nuevas que explorar, mientras con la otra me quitabas la ropa. Cuando al fin me desnudaste, te agachaste y me vi reflejada en el espejo que tenía enfrente. Tú habías desaparecido. Habías ido al encuentro de tus manos. Tu lengua seguía el camino que señalaban tus dedos y yo vi reflejada en aquel espejo la mirada que había captado en la actriz un rato antes. Y de aquel momento también hice una foto.

*Me encanta*
*Mirarle sin que me vea*
*Observarle mientras está*
*concentrado, serio, ajeno*
*Y cuando está de otro modo*
*Me encanta igual*

#microcuento

# 4

Qué sensación esta. Me despierto con un revuelo de mariposas, pienso en ti, sonrío sin motivo, no dejo de hacer planes. Mi cabeza centrifugando todo el día. Qué estarás haciendo, me llamarás, vendrás por sorpresa, pensarás en mí del mismo modo en que lo hago yo. Mil dudas que solo hacen aumentar mi inquietud.

Estar enamorado es el sentimiento más poderoso que existe. Cuando uno lo ha experimentado de verdad, sabe que hay un antes y un después. Yo estaba en la nube del amor. Esa que tan pocas veces me había sostenido, ahora me mecía en un mar de algodón a dos mil metros del suelo. Flotando.

Acaba de sonar el teléfono, veo tu número en la pantalla y un escalofrío me recorre el cuerpo. Desde la punta del pie sube por la espalda como una descarga eléctrica hasta el cuero cabelludo y al final un resorte me hace sonreír de nuevo. Ya te he dicho que últimamente sonrío mucho, todo el rato.

Tu voz. Descuelgo y apareces al otro lado. «¡Hola, Candy!» Es la primera vez que me llamas así, recuerdo aquellos dibujos animados japoneses y suelto una carcajada tonta. Me gusta el diminutivo. Desde aquel momento la canción de Paolo Nutini cobraría un nuevo sentido para mí. Estás acelerado, emocionado, ilusionado. Se te nota. Te acaban de confirmar un trabajo en Colombia. «La semana que viene tengo una sesión en Cartagena de Indias, ¿te vienes?»

Mi corazón se detiene en una especie de *paradinha* a lo Panenka. Escucho mi respiración, el vacío y, de repente, vuelve a latir. Un lanzamiento certero con una parábola perfecta que encaja, sin dudarlo, por la escuadra. «Sí», respondo. Rotunda y segura, como lo estaba de ti. No lo pensé dos veces.

La semana siguiente fue una de las más especiales de mi vida. Quedamos en el aeropuerto. Los encuentros allí me encantan. Siempre los asocio a algo positivo; o se emprende un viaje o se recoge a alguien. Las despedidas no me gustan tanto, a pesar de que la nuestra fue allí, en aquel mismo lugar.

Al verme llegó tu sonrisa. Saliste corriendo a mi encuentro. Nos abrazamos y me cogiste en volandas. Comenzamos a dar vueltas y comprobé que las personas que había a nuestro alrededor nos miraban, pero a nosotros nos daba igual. Estábamos solos tú y yo. Éramos Manuel y Candela. Y el resto del mundo no importaba.

Sería el contraste de temperatura, la gente, la música, el mar Caribe o nuestras ganas de divertirnos, pero al aterrizar en Colombia nos invadió el espíritu liberador de aquel país que te atrapa desde el primer minuto.

Pasamos tres días en Barranquilla. Tenías unas pruebas previas en aquella ciudad donde la agencia tenía ubicada la oficina. Nos instalamos en un hotel del centro, clásico y señorial, con una piscina tentadora y unos jugos de sandía revitalizantes.

Así pasaron mis jornadas. Te levantabas y recibía tu beso. El segundo día tuvimos que hacer el amor antes de que te fueras, ¿te acuerdas? Los demás pudimos controlarnos, sabíamos que por la tarde tendríamos nuestra recompensa.

Bajaba a desayunar sola, con el bikini, un pañuelo y las gafas de sol. Ese era mi equipaje. Fruta fresca, café, huevos revueltos, cereales, un manjar para mi estómago insaciable. Cogía fuerzas en tu ausencia con la esperanza de que me las agotaras cuando vinieras a mi encuentro.

Tras el desayuno bajaba a la piscina. Era marzo, hacía buen tiempo, pero el hotel estaba casi vacío. Me tumbaba en una hamaca blanca resguardada por una sombrilla también blanca como las guayaberas de la zona. En aquel entorno dejaba volar mi imaginación, siempre contigo como protagonista. Y volvía a sonreír.

Leer, nadar, tomar baños de sol y respirar la tranquilidad de aquel paraíso. Esa era mi tarea. Y esperarte. Cuando caía el sol volvías al hotel y nos arreglábamos juntos. No era fácil contenerse. Una tarde sucumbimos a aquella bañera con jacuzzi inolvidable. Había encendido varias velas alrededor y apenas nos intuíamos. El ruido de los chorros burbujeando en el ambiente hizo el resto. Tus piernas envolvían las mías y, poco a poco, te fui ganando terreno hasta que estuve encima de ti. El final lo recuerdas igual que lo recuerdo yo.

Qué manera de hacer el amor, Manuel. Qué forma de entenderse dos cuerpos. Qué intención en las miradas. Qué besos anticipando la batalla final, que siempre quedaba en tablas. Porque allí nadie ganaba ni perdía. En todo caso, ganábamos los dos. A veces tú primero, otras yo. A veces varias veces. Hasta que nuestros cuerpos exhaustos cedían rendidos y decidían darse un descanso. Y entonces llegaban los abrazos y las miradas de cerca. Y también vino aquel te quiero tuyo susurrado. Vino y se quedó a vivir conmigo.

Supe que me había enamorado de ti en aquel viaje. Lo cierto es que ya lo intuía, pero allí me di cuenta de que habías abierto algunas puertas y ventanas que hacía tiempo que mantenía bien cerradas. Llegaste con tu mazo suave y las derribaste. Y allí estaba yo, de par en par, abierta ante ti.

Cartagena de Indias es una de mis ciudades favoritas. No sé si lo es porque realmente sus calles empedradas, su muralla, su ubicación perfecta junto al mar la convierten en un lugar inolvidable o si se convirtió en un lugar inolvidable porque aquellas calles, su muralla y su mar los compartí contigo.

Llegamos por la noche y nos instalamos en uno de sus acogedores hoteles *boutique*. Un gran portalón nos dio la bienvenida. A la izquierda, una pequeña biblioteca con todos los libros que componen la obra de García Márquez. Lógico que saquen pecho y enseñen lo que ha sido capaz de dar aquella tierra al resto del mundo. Como el padre orgulloso que muestra la sala donde cuelgan los títulos académicos y las orlas de su hijo a todo el que viene de visita a casa. Me enterneció ver aquel altar literario del Gabo nada más llegar a Cartagena.

A la derecha, la recepción y un poco más allá un jardín al que daban las habitaciones de los pisos superiores. No había ascensor ni demasiada luz, de fondo sonaba una música suave y la temperatura era tan agradable que invitaba a desnudarse. Y, no siendo yo persona de contravenir la meteorología, pronto le hice caso.

Me cogiste en brazos y no permitiste que subiera ni un solo peldaño. Una vez arriba, abriste —no sin dificultad— la puerta de la habitación y me introdujiste en ella como tantas veces habíamos visto en esas películas almibaradas. Pero en aquella ocasión tu gesto no me pareció cursi. Me encantaba ser la protagonista de aquella comedia romántica.

En el pasillo que nos llevaba a nuestra habitación dejamos atrás una pequeña piscina ovalada iluminada de manera tenue y con el cielo como único techo. Un mar estrellado, limpio, sin nubes ni contaminación, al que no estábamos demasiado habituados y que, un rato después, saldríamos a contemplar con la calma inevitable tras la pasión vivida dentro.

El sexo siempre es estupendo, pero cuando estás enamorado cobra una nueva dimensión y se convierte en algo maravilloso. Y eso fue lo que sucedió aquella noche, y las noches que siguieron a aquella. Era dulce en unos momentos y sucio en otros. Era rápido y muy lento. Era perfecto todo el tiempo.

A la mañana siguiente trabajabas temprano. Decidí acompañarte durante tu jornada con la intención de ver cómo te desenvolvías en el trabajo y, de paso, yo también podría robarte alguna foto en aquella sesión.

Me presentaste a todo el equipo, incluida la modelo altísima, guapísima, rubísima y rusísima que te había tocado en suerte. Y me di cuenta de cómo te miraba, ella y el resto del grupo, también los hombres. Comprobé tu magnetismo y tu capacidad de seducción innata. Y sentí miedo. Por primera vez fui consciente, Manuel, de que nunca serías completamente mío. Ni de nadie. Solo tuyo.

El buen tiempo acompañó y la directora de fotografía certificó tener un gusto impecable. Fotos evocadoras, en movimiento, quemadas, en el agua, saliendo del mar. Toda una demostración de que, con ropa sensual, los protagonistas adecuados y ese entorno idílico, el resultado solo podía ser el que fue.

Como si de una recompensa se tratara, después de terminar aquel trabajo tomamos rumbo a las islas del Rosario. Fue algo así como perderse cuando uno ya estaba perdido. Si Cartagena nos trajo cenas, paseos y noches románticas, las islas nos trasladaron a un jardín prohibido.

Recalamos en el menor de los islotes. Apenas seis cabañas. Nuestro apartamento era azul, como el entorno, como tus ojos, Manuel. Esa mirada tuya diciéndome a todas horas que eras feliz a mi lado. Ese azulaguamarinacasiverde que me tenía atrapada a tus pestañeos.

La cabaña de madera era acogedora pero austera. Los amplios ventanales no cerraban con cristal ni con mosquitera. Los tablones de madera eran la única protección, así que decidimos dejarlos abiertos. La luna quiso tener el detalle de acompañarnos aquellas noches. Su rastro plateado iluminaba aquel mar en calma al que se asomaba nuestro cuarto. La brisa se colaba sin avisar e inundaba el ambiente húmedo.

Habíamos cenado en un comedor al aire libre. Vino blanco, parrillada de verduras, pescado fresco y, de postre, fruta variada de todos los tipos y sabores. Regamos la sobremesa con ron de caña y unos dulces caseros con los que nos agasajó la señora que llevaba el negocio desde hacía más de veinte años. «En un poquitico les traigo algo que les va a encantar», nos había anunciado un buen rato antes.

El tiempo es relativo en todo el mundo, pero en el Caribe más. A nosotros no nos importaba que tardara toda una vida en traer el siguiente plato. Entre uno y otro ocupábamos bien las esperas. Anécdotas que nos hacían reír a carcajadas, besos que nos traían más caricias, manos impacientes que había que contener debajo de la mesa. No nos aburríamos.

La noche terminó como quisimos y, sobre todo, donde quisimos: dándonos un baño en el mar, desnudos. Era algo que ambos deseábamos hacer y fue allí donde decidimos cumplir aquella tarea pendiente. Juntos.

Cogimos dos copas, un par de toallas y nos bajamos a la playa. Pusiste música en el móvil, nos tumbamos y bajo el cielo salpicado de estrellas comenzamos a quitarnos la ropa mientras nos comíamos a besos. Únicamente interrumpimos aquella coreografía para introducirnos en el agua. Me cogiste en brazos y echaste a correr hacia la orilla. La risa se me desataba por momentos y mis ganas de tenerte dentro alcanzaban el máximo nivel. Suerte que pronto pude quedar satisfecha. En el mar, en la arena, en la habitación.

Islas del Rosario inolvidables. Del rosario de veces que nos hicimos el amor, de las veces que nos dijimos que nos queríamos.

*T e quiero*
*E n horizontal y en vertical*

*Q uería decírtelo*
*U n día*
*I maginarte a mi lado*
*E so quería*
*R imas en ese sentido*
*O en figurado*

#microcuento

# 5

¿Sabes cuando en las palabras no te cabe lo que sientes? ¿Lo sabes, Manuel? Yo sí. No sé cómo explicar lo que me sucede. Es como si hubieras llenado todos mis recovecos. Cada mirada, cada gesto tuyo, va llenando huecos que parecían condenados al vacío.

Así me sentía yo. Así me hacías sentir.

Me iba fuera el fin de semana y te invité a comer a mi casa antes de emprender el viaje. Tú trajiste el vino y yo improvisé algo en la cocina. Al verte aparecer supe que te quería. Mucho, Manuel.

Ese día nos dimos un abrazo. Mantuvimos nuestros cuerpos pegados durante un rato. Y entonces llegó tu olor y mi suspiro leve.

Por un segundo pensé que yo para ti también era lo primero.

Me desnudaste lentamente. Y luego yo a ti. Me besaste. En la mejilla, en la boca, en los ojos. Primero uno y después el otro. Sonreí. Me cogiste de la mano. Fuiste pespunteando con besos todas las costuras de mi cuerpo.

Tu mano en mi boca. Mis labios abiertos. Mis piernas temblando. Tu lengua buscando. Tus dedos traviesos. Tu boca en mi sexo. Tu sexo en mi cuerpo.

Nunca antes había querido a alguien así.

## 6. MADRE:
## CANDELA, HIJA

—

Candela siempre ha mirado la vida con otros ojos. Es lógico que yo piense que mi hija es especial, todas las madres creemos que nuestros hijos lo son. Pero en el caso de Candela lo digo con cierta emoción y ternura.

Tenía poco más de cuatro años cuando me preguntó por primera vez qué hacíamos aquí. Intenté encontrar un argumento adecuado a su edad, pero ella insistió. «Si estamos en La Tierra, y nuestro planeta gira con otros planetas en el universo, ¿dónde está el universo, mamá? ¿El universo qué es entonces, un hueco muy grande?» Y a esa cuestión ya no supe qué responder.

Siempre se ha hecho muchas preguntas y a mí me ha dejado sin respuestas la mayoría de las veces. Como aquella vez que me dijo que ella no quería ver morir a ningún ser querido. Entonces tendría seis años. Y me planteó que la mejor solución sería que muriésemos todos juntos en un terremoto.

Así es Candela. A veces me ha generado angustias, cuestiones vitales que ni siquiera yo me había planteado antes. Por eso desde que era muy niña supe que sufriría mucho. Pero también me di cuenta de que se asomaría a la vida con una mirada especial y eso me hacía —me hace— sentirme orgullosa de ella.

Desde pequeña ha sentido debilidad por las personas mayores. Normalmente los niños se sienten atraídos por los bebés. Ella miraba con fascinación a los ancianos. «¿Por qué se les arruga la cara, mamá? ¿Por qué se les caen los dientes y el pelo?» «Yo creo —me decía convencida en una ocasión— que la vida está muy mal planteada.» En su opinión, tendríamos que nacer ancianos e ir retrocediendo hacia la niñez. Según ella, es injusto que perdamos facultades al final de la vida y que además seamos conscientes de ello. Si volviéramos a la infancia, aunque necesitáramos de nuevo los cuidados de alguien, seríamos felices y no nos enteraríamos de la decrepitud, sentenciaba. Ella apostaba por que la vida fuese algo parecido a la de Benjamin Button.

Esa especial sensibilidad para captar las emociones de la gente, esa manera de mirar y escuchar, todo eso la llevó a su profesión: fotógrafa. Mirar la vida a través de una lente la acerca a la realidad, la ve al detalle, pero también la aumenta, la magnifica. En el fondo, es lo que ella hace de manera innata. Por eso no debió sorprenderme que optara por la fotografía, aunque, si soy sincera, en aquel momento deseaba que estudiara una carrera con futuro. Medicina, alguna ingeniería. Quizá maestra, no sé. Solo sé que me hubiera gustado que hubiera terminado sus estudios en la universidad. Los dejó en tercero. Nos dijo que aquello no la hacía feliz y que iba a dedicarse a lo que realmente le gustaba. Y comenzó a trabajar como fotógrafa, lo que siempre había sido.

*Quería decirte algo*
*No sé si debo*
*¿Recuerdas aquel día?*
*Pues desde ese día*

#microcuento

# 7

Recuerdo perfectamente el día que empezaste a descoser mi vida. Yo, que ni de aguja ni de dedal entendía para poder remendarme.

«Te necesito urgentemente.» Recibí ese mensaje muy temprano, no serían ni las siete de la mañana. Mi jefe tenía una sesión de fotos ese mismo día y su mujer se había puesto de parto de madrugada. Desde luego, el asunto era causa de fuerza mayor. De mucha fuerza y muy mayor. Alejandro llegó al mundo con ímpetu y bien alimentado, con reservas para un mes. Pesó 4 kilos y 756 gramos, así que a su madre, Laura, tuvieron que echarle una mano con una cesárea que le permitió que la criatura saliera con mediana facilidad.

En cuanto leí el mensaje lo llamé. Alberto me puso al corriente de lo sucedido: la rotura de aguas, los nervios, las carreras hacia el hospital, el olvido en casa de la canastilla con los enseres básicos para el recién nacido, los gritos de ella porque las contracciones eran cada vez más frecuentes, los sudores fríos de él. Todo eso me explicó Alberto, pero ya con la voz relajada, las cuerdas distendidas y la risa floja después de los nervios vividos.

«Ya soy padre, Candela. Y lo soy para toda la vida. Es flipante. Una responsabilidad enorme, pero me encanta. No te sé explicar. Cuando le he visto la cara a Alejandro se me han caído las pelotas al suelo. Lo he cogido en brazos, se ha agarrado a mi dedo y he sentido que ya no le podría soltar nunca.» Las palabras de Alberto me conmovieron. Es bastante reservado y no suele dar demasiados detalles de sus sentimientos, pero aquella mañana la emoción lo embargaba. Y, por una vez, la frase tópica respondía a la realidad.

Dejé a Alberto anestesiado con su intensidad de padre primerizo y me fui a sustituirlo en su sesión fotográfica. En principio llegaba como refuerzo, pero finalmente me encargué de todo el reportaje. «Son unas fotos para una entrevista al modelo ese que está empezando a despuntar. ¿Cómo se llama? ¿Mario? No, joder, no es Mario, pero empieza por M», mascullaba Alberto sin dar con el nombre.

—Manuel —le respondí. Sin apellido y sin pensarlo. Me salió tu nombre de dentro, como tantas veces lo repetiría después.

—El de los pelos revueltos, sí. Parece majo. A ver

si te lo ligas y así no me tienes en cuenta lo de hoy —bromeó Alberto.

—Ni aunque viniera suplicándome que me casara con él y se convirtiera en el padre de mis hijos te perdonaría este madrugón, Albertito —le contesté sonriendo antes de colgar.

A veces la vida te pone a prueba y te hace decir cosas que mucho tiempo después te sigue recordando. Pensé tantas veces en aquella llamada, en aquel momento, Manuel. Ese en el que todavía estaba a salvo, sin conocerte, virgen a tus encantos y ajena a los sentimientos que llamaban impacientes a mi puerta.

Recreaba una y otra vez la escena, como si pudiera retroceder en el tiempo y plantarme de nuevo en aquella mañana. Un día cualquiera, de un mes cualquiera, de un año cualquiera, que cambiaría el resto.

Llegué con tiempo. Siempre lo hago. Soy puntual, me gusta inspeccionar el lugar antes de empezar un trabajo. Nos citaron en una fábrica abandonada, creo que se trataba de una vieja cementera. El día se presentó despejado y decidí comenzar la sesión en el exterior, junto a una de las puertas laterales en la que había un carretón destartalado.

Estaba dando indicaciones a uno de los chicos de producción cuando te vi aparecer. Llegabas acalorado. Te quitaste la cazadora de cuero y dejaste al descubierto tu cuerpo. Lo cubría una camiseta azul envejecido con un pañuelo enrollado al cuello. Los vaqueros algo caídos y unas botas semiatadas ponían la guinda a esa estética perfectamente desaliñada que no deja nada a la improvisación.

Al verme sonreíste y te presentaste. Te atusaste el pelo. Llevabas un flequillo desordenado que pretendía mirar al cielo y que constantemente tenías que apartarte de la cara para que no se te metiera en los ojos.

Te devolví la sonrisa y la acompañé con un tono sonrosado en mis mejillas. Noté el rubor. Sentí cómo el calor hacía acto de presencia en mi cara, así que me puse a hablar sin parar. Te expliqué en qué consistiría la sesión, lo que íbamos a hacer y tú a todo me decías que sí.

Te conté que siempre me ha gustado la fotografía, pero que nunca he sido un genio de la técnica. Es cierto. Actúo como en la vida, por intuición. Cuando una foto sale bien significa que algo ha ocurrido. En realidad, comencé a hacer retratos porque me permite acercarme tanto al protagonista que incluso llego a estar dentro de él. Y es curioso porque al mismo tiempo guardo una distancia de seguridad prudencial desde la que puedo hacer lo que quiero. Estoy ausente. Y esa es la libertad absoluta.

Te subiste a aquel carretón y me concentré en cada una de tus facciones. Me recreé en todos los detalles que dibujan tu rostro. Y me ausenté. Tus ojos absortos mirando el paisaje, el entrecejo fruncido, la nariz de medio lado, la boca que comienza a abrirse, los dientes que se intuyen. Y vuelta a empezar.

Mirada al frente, complaciente, caída de ojos, sonrisa repentina. Gesto serio, mandíbula encajada y los ojos perdidos. Suena una música a lo lejos, invade el ambiente, te relaja y te devuelve a la paz de un día en calma.

En ese bucle anduvimos un buen rato. Dando vueltas al ánimo para reflejar distintos estados, cuando ambos ya intuíamos que solo existía uno, el de la ingravidez. Porque eso es lo que ocurrió aquel día, que comenzamos a flotar y nos dejamos llevar.

Te hice tantas fotos que me llevó una eternidad hacer la selección. Recordé aquel día cuando de niña mis padres me regalaron mi primera cámara y gasté un carrete entero en Gilda, mi perrita. Las fotos eran prácticamente iguales. Iba tras algo que no era capaz de expresar ni definir, pero continuaba haciendo más buscando precisamente eso que me estaba perdiendo. Revelé las treinta y seis y me quedé con todas porque cada una de ellas reflejaba algo distinto. Todas eran importantes.

Es mi virtud y mi defecto. La tenacidad, la perseverancia, esa búsqueda insaciable. Puedo hacer fotos sin parar, repetirlas, una y otra vez, y todas van a descubrirme algo diferente. Como dice Leonard Cohen, se trata de buscar una grieta en todo porque así es como entra la luz. Es como abrir preguntas constantemente. En cada una de esas instantáneas siempre voy a decir la verdad. Y cuanto más verdadera sea la imagen, más bello será el resultado.

Contigo lo hice sin darme cuenta. El tiempo se paró y nuestra complicidad nos tendió la mano para conseguir aquel desenlace.

Te lo dije, Manuel, intento fotografiar aquello que se me está escapando. Y tú te escapaste desde aquel primer momento. Y aun así, te seguí. Buscando la foto perfecta.

## 8. JIMENA: BANGKOK Y BRAD PITT

—Doy gracias a la vida por la existencia de Brad Pitt.

Ese ha sido el mensaje que he encontrado en mi móvil al despertarme esta mañana. Es lo que ocurre cuando tienes una amiga viviendo a diez mil kilómetros. El cambio horario nos obliga a llevar una comunicación virtual a lo Lady Halcón. Es una especie de correspondencia 2.0. Es decir, en lugar de comunicarnos con cartas, nosotras hablamos a través de Whatsapp, correo electrónico o Skype. Hoy hemos podido charlar un rato.

—Confiesa, Jimena, ¿cuál te has puesto esta vez?

—*Leyendas de pasión.* Lo sé, Candela, soy una cursi con lazos rosas y mariposas. Soy la Mariah Carey de los expatriados en Tailandia.

—*Leyendas de pasión* es un peliculón. Nunca lo reconoceremos ante un hombre para que no lo utilice en nuestra contra, pero eso es así.

—Cierto. Y Pitt está enorme, en el sentido más amplio de la palabra.

—La verdad es que el muchacho está guapo subiendo al caballo, bajando del caballo, acariciando el caballo...

—¡Y sin caballo! Me ha alegrado el día este hombre.

—Hablando de grandes joyas del cine, no entiendo cómo siempre aparecen en lo más alto de las listas *Ciudadano Kane, El gran dictador* y otras películas de medio pelo y nunca aparece *Dirty dancing*.

—Tienes tanta razón, criatura. Con la de buenos ratos que nos ha regalado el malogrado Patrick. Esos domingos por la tarde en el sofá tarareando *Time of my life*.

—Ese hombre varonil entrando en la sala (un pelín sobreactuado y algo hortera, cosa que tampoco reconoceremos en público), desafiando al padre rancio, burlando a la cansina de la hermana (porque es muy cansina...) y agarrando a Baby del brazo para decirle la frase más célebre de la historia del cine. LA FRASE.

—«No permitiré que nadie te arrincone.»

—Si me hacen eso alguna vez, juro (LO JURO, Candela) que me caso con ese galán.

—Pues sepa usted, señorita Jimena, que me está rondando un muchacho.

—¿Qué escuchan mis oídos? ¿Una de las dos va a abandonar este estado de letargo? Recuerda que nuestra pseudovirginidad actual nos garantizará los metros cuadrados de cielo que nuestros pecados nos quitan.

—¡Me da igual el cielo! Me conformo con una parcelita pequeña. Tendrías que verlo. Es tan guapo y simpático... Muy simpático. Moreno, me encanta su voz. Alto y fuerte. Con una mirada que me deshace.

—Uh. Te gusta el mozo, ¿eh? ¿Y cómo se llama el apuesto guerrero?

—Manuel.

—¿Ya tenemos mencionitis?

—Sí, reconozco que a Berta y Malena ya les estoy poniendo la cabeza como un bombo.

—¿Estás ya en la fase de: Me ha mandado un mensaje, ¿le respondo al momento o espero un poco? ¿Le mando otro por si el de antes no lo ha visto? Si me escribe es que tiene interés, ¿no?

—Estoy en fase aguda de mencionitis, sí.

—¡Bravo! ¿Alguna pega? ¿Taras confesables?

—Ninguna. Eso es lo que más me preocupa. No hay nada de él que no me guste.

—Ups, saltan las alarmas. ¡Candela está en fase de idealización! Todos a los camarotes, ¡avistamos un enamoramiento! ¿Lo veis? ¡Va directa al macizo... de hielo!

—Qué tonta eres. No estoy enamorada, pero es que no me fío porque me gusta demasiado y eso me da miedo.

—¡¡Disfruta de la vida, nena!!

—Bueno, sí que tengo una pega. Es más joven que yo, unos cuantos añitos.

—No quiero saber su edad, dime cómo se porta contigo. Lo demás me tiene sin cuidado. Conozco a tipos muy mayores que son críos y a chavales que son muy maduros.

—Él es bastante maduro, creo. Es modelo, viaja mucho, tiene mundo.

—¡¡¿Modeloooo?!! Pero ¿qué le ha pasado a la profunda y trascendente Candela? ¿Ha sucumbido a los placeres de la carne?

—Ya... Me ha desbaratado los prejuicios y me ha sorprendido. Me encanta eso también.

—¿Algo destacable?

—Toca el violín.

—Toca el violín, claro. Imposible no sucumbir a eso.

*Dice mi sombra que ya no nos parecemos*
*Que por más que me sigue no cuadra el paso*
*Que ahora encajo contigo*
*Que tiene celos, dice*

#microcuento

# 9

Hay ciudades que hacen honor a su nombre. Hay lugares que no se podrían llamar de otro modo. Y por encima de todas ellas, está Río, un paraíso, la *Cidade maravilhosa.*

No recuerdo haberme reído y divertido tanto en mi vida como allí. Tampoco recuerdo cómo fui capaz de atreverme a dejarlo todo durante dos semanas para irme a Brasil contigo.

Volé de madrugada. Sola, tú ya estabas allí. Nos encontraríamos el 31 de diciembre. «¡Este año pasaremos la Nochevieja juntos y con calor!», me dijiste. Y lo cumplimos.

Diecisiete horas de viaje. Que no son una ni dos, son diecisiete. Con sus dieciséis horas anteriores. Terminé una sesión de fotos el 30 de diciembre a las once de la noche. Me fui a casa, hice la maleta y cogí un taxi. Mi avión salía a las cinco de la mañana. Volé vía Ámsterdam porque pensé que para cruzar un océano era mejor coger carrerilla, así que me fui al norte de Europa, hice escala, y a las diez de la mañana embarqué rumbo a Río. Esta yincana agotadora me permitió ahorrar algunos reales que después necesitaría al otro lado del Atlántico.

Durante el vuelo no vi ninguna película y apenas comí. Me dediqué a descansar e intentar dormir: quería estar preparada para lo que me esperaba nada más aterrizar. Es decir, tú. Viniste a recogerme en un coche alquilado, un Cabrio algo deteriorado que no dudaste en descapotar para que yo pudiera sentir la brisa carioca. «¡Estás en América, Candy! ¡En el sur! ¿Lo sientes?», gritabas eufórico.

Me colgué de tu cuello mientras tú seguías conduciendo en dirección a la casa de Fernando, tu amigo brasileño que nos había cedido amablemente su apartamento en Leblon. El barrio está muy bien, a dos minutos andando de la playa. ¡Al lado de Ipanema y Copacabana! Y así fuiste explicándome detalles de la ciudad, de lo que haríamos, de cuánto me habías echado de menos esos días. Y todo, un 31 de diciembre en que la música no dejaba de sonar y el calor apretaba con fuerza.

«Una ducha y salimos corriendo, que tenemos la fiesta de fin de año», dijiste de manera atropellada. No dejabas de hablar y de sonreír. Y yo contigo. Aproveché la llamada a España para felicitar el Año Nuevo, que allí ya había comenzado. Brindamos en la distancia por las doce uvas, por la Puerta del Sol, por el cambio horario y por todo lo que se nos iba ocurriendo. Y seguimos nuestro camino rumbo a una celebración en la que el único requisito era vestir de blanco.

La reunión íntima de amigos resultó ser una fiesta de alto nivel en una mansión que el resto del año se utilizaba para rodar telenovelas. Todo un exceso. Más todavía cuando en la oscuridad de la noche las únicas luces que se veían en la ladera en la que nos encontrábamos eran las favelas del barrio de enfrente. Tan cerca, tan lejos.

Río, una ciudad de contrastes, donde encontramos unos días de desconexión del mundo y de unión entre nosotros. Empezando por esa misma noche. Allí conocimos a muchos amigos, amigos de amigos, de Brasil, de Portugal..., a mucha gente. Muy divertido. Y también nos presentaron las *morangoskas*. Es decir, la clásica caipiriña, pero aderezada con vodka y rematada con jugosísimos trozos de fresas. No me acuerdo bien de la composición exacta de aquel combinado, ni tampoco recuerdo con claridad lo que sucedió a partir de entonces. El *jet lag* se alió con el alcohol e hicieron conmigo lo que quisieron. Y yo me dejé hacer. También por ti.

Después de picar algo y tomar unas copas decidimos saltar a la pista de baile. Nuestros cuerpos abrazados, muy juntos, la música sonando atronadora, y nosotros ajenos a todo en una especie de cápsula del tiempo en la que lo único que importaba era que nuestros torsos no dejaran de tocarse.

Sé que sentías mis pechos. Sabes que sentía tu miembro, tan firme como esos postes de madera que sujetaban la pérgola gigante bajo la que todos los invitados bailaban y bebían y reían sin control. Tú me tarareabas una letra ininteligible al oído, yo me movía al compás de ese idioma que acabábamos de inventar. Nuestras mejillas pegadas a fuego solo se deslizaban en un movimiento lento para dejar al fin nuestras bocas frente a frente. Y entonces llegaba el beso.

Ese beso de Río; así bautizamos nuestros besos interminables, esos de los que no quieres desprenderte. Los besos en cadena, tan parecidos y tan diferentes unos de otros.

Los besos que se pasan volando y duran toda una vida.

Besos con caricias,
con lengua y sin ella,
besos secos a ratos
y húmedos
todo el tiempo

Besos que mojan,
que calan hasta los huesos,
besos que muerden,
besos que hablan
y acarician,
besos que encandilan

Besos, besos y más besos

Besos al son del aliento,
al ritmo del movimiento,
besos inconexos,
a destiempo,
besos certeros,
besos que se clavan
y te anclan
y te revientan el cerebro

Besos de hielo y acero,
besos suaves,

de terciopelo,
besos traicioneros,
besos a oscuras,
cegadores,
que intoxican,
besos redentores

Todo besos
Todos fundidos
en ti, contigo

Inolvidables todos
Eternos besos

*Me encanta cuando*
*me cantas donde*
*Me encantas porque*
*en cuanto es tuyo*
*mi cuerpo es nuestro*
*Encanto vivo*
*Hechizo eterno*

#microcuento

## 10

Escaparnos. Esa fue la mejor decisión. La fiesta continuaba y prometía alargarse hasta bien entrada la madrugada, del día siguiente, tal vez. Nosotros seguíamos en la pista. Habíamos bailado algunos temas como si fuese un guateque de los años sesenta y eso ya no tenía sentido. Así que nos fuimos.

Solos, por nuestra cuenta, en una especie de taxi-furgoneta en el que, con toda seguridad, éramos los únicos no brasileños. Fuimos atravesando barrios en un circuito que se convertía por momentos en interminable. Y la favela ahí, junto a nosotros, a golpe de mirada. Así que decidimos seguir besándonos.

Finalmente nos bajamos en Leblon y fuimos caminando a casa. De la mano, dando un paseo por la playa en dirección a ese monte con forma de camello cuyas dos jorobas en el horizonte nos señalaban mejor que cualquier sofisticado GPS que nos acercábamos a nuestro hogar improvisado durante aquellos días.

Y justo cuando parecía que alcanzábamos los pies del Cerro dos Hermanos y que giraríamos a la derecha por nuestra calle, lo vimos. El *Posto* 12. El 12 es nuestro día. Nuestra primera vez. El día que nos conocimos. Y 12 fue también el sábado que viniste a casa y te metiste en mi cama. Y allí estábamos, Manuel y Candela, en el mes 12 del año, frente al puesto 12 de esas inmensas playas numeradas. Y lo hicimos. El amor. Para celebrar nuestra docena.

Nos miramos y sin cruzar palabra sonreímos. Me cogiste en brazos y me tumbaste sobre la falda que previamente me habías quitado y habías extendido en la arena a modo de pareo. Mi cuerpo esperaba impaciente. La luna lucía tímida pero suficiente para iluminarnos e interpretarnos. A lo lejos se escuchaba música, los ecos de un multitudinario concierto que había tenido lugar horas antes, quizá en Copacabana.

La ropa interior blanca destacaba brillante sobre mi piel bronceada. Noté tu mano soltando la parte superior e intentando abarcar mis pechos con premura. Te quité la camisa y también pude contemplar tu torso y tus pezones, que se encogían al verme. Se hacían pequeños, vergonzosos, se escondían ante mi lengua. Los acaricié y te estremeciste. Y en ese momento noté tus dedos en mi boca y en mi vientre, dentro, profundo. Y te di tantos besos de Río que ni siquiera recuerdo las veces que conseguí tocar el cielo. Pero fueron muchas, contigo de la mano. Y de tu boca.

Cuando despertamos pudimos comprobar que el Año Nuevo nos daba los buenos días con lluvia. Gotas amplias como platos empaparon de lunares húmedos nuestro cobijo de algodón y lino blanco. Recogimos el tenderete y nos fuimos corriendo a casa. Una vez arriba, comprobamos que teníamos las blusas pegadas al cuerpo y que dibujaban nuestras siluetas con mayor precisión que un escáner.

Y de nuevo comenzamos a tocarnos, por encima de la ropa, olvidándonos de su presencia, e imaginando que se había transformado en una película tan fina que se hacía invisible a los ojos. Y entonces apareció tu entrepierna poderosa y yo rendida ante ella. A sus pies. Y los tuyos.

Primero yo para ti, después tú conmigo. Y finalmente los dos entregados a nuestros cuerpos, que poseídos por la energía del nuevo año parecían insaciables.

Gemidos inolvidables, sudor envuelto en lluvia y saliva que nos recorrió por completo. No quedó un solo lugar en nuestros cuerpos por explorar.

Besarte era como sumergirme bajo el agua, en el mar, en la bañera. De repente sentía paz. Sin ruido. Sin prisa. Ingrávida. Me besaste mil veces en Río. Mil. Y al fin me quedé dormida.

Así comenzó 2012.

*Lavidaesesoque pasa hasta que me respondes*
*Lavidaesesoque pisa, rápido y sin girarse*
*Lavidaesesoque pesa, tu adiós en mi cabeza*

*La vida es eso*
*El paso, el peso que pisa*
*La vida es el poso y mucho más*
*Todo lo que se puso*

#microcuento

## 11

Tengo tantos sueños que no me dejan dormir.

Desde las ocho de la mañana estoy dando vueltas en la cama. Cada vez que quedamos me revoluciono. Ya debería haberme acostumbrado, pero no lo consigo normalizar. Me giro de un lado al otro de la cama y comienzo a imaginar cómo va a ser nuestro encuentro de hoy. ¿Será como el otro día? ¿Me darás un beso, me mirarás, desayunaremos de verdad? Y de repente me viene tu olor y lo impregna todo como cuando pasas por la puerta de una tahona y te llevas contigo el aroma a pan recién hecho. Tus feromonas despiertan a las mías en algún lugar de mi cerebro y eso me trae recuerdos que disparan todavía más mi imaginación. Y ya solo pienso en besarte.

El plan era que me recogieras en casa para irnos a tomar un *brunch,* ese desayuno que se junta con la comida y que puedes alargar hasta la merienda. Pero finalmente ha habido cambio de planes. Me has desnudado en el pasillo, ni siquiera has esperado a entrar al salón. Solo me has dejado puesta la ropa interior y me has mirado. Te encanta hacer ese cortejo.

A veces te imagino con el buche hinchado dando vueltas a mi alrededor y lanzando arrullos para conquistarme. Tras el festival de sonidos y la reverencia con las plumas del cuello en pleno esplendor, inclinas la cabeza y me rodeas haciendo círculos. Luego arrastras la cola, la despliegas y corres detrás de mí. Y se produce el asedio, cada vez más cerca. Y me rindo al besuqueo poniendo el pico dentro del tuyo. Y al fin llega el apareamiento, ese momento en el que te paras y te posas sobre la hembra para consumar. Y el cortejo se cierra con la ovación cerrada, el macho hace un vuelo a modo de ostentación y aplaude con sus alas dos veces.

Y lo que tú no sabes es que no tienes que esforzarte mucho porque esta paloma está entregada a la causa. Nos besamos y allí mismo en el sofá dejamos que ocurra todo.

Tus ojos mirando de cerca
Tus labios rozando los míos
Tu aliento se cuela,
me llega
Tu lengua nerviosa,
la mía rabiosa
Se rozan
Y bailan y ríen y gozan
Es un beso
Ya no es mío ni tuyo
Ni nuestro

Sabes diferente por las mañanas. Me encanta. Y que me mires y que sepas también cuál es mi sabor a esta hora. Y me recorras. Y me busques y me encuentres, varias veces.

*Te quiero*
*al caer la noche*
*con las primeras luces del alba*
*Te quiero*
*después del derroche*
*cuando quedo arrebatada*
*Te quiero*
*en el día de sol*
*con tus manos de almohada*
*Te quiero*
*aquí, a mi lado*
*mientras me roces la espalda*
*Te quiero*
*y lo siento, de veras*
*Te quiero*
*y si miento, insincera*
*Te quiero*
*y el tiempo no pasa*
*Te quiero*
*no digas nada*

#microcuento

## 12

Ya he encendido las velas y he puesto la música. Eso indica que vienes a cenar. El otro día salimos a un restaurante nuevo y nos divertimos mucho, comimos un menú degustación delicioso y terminamos la noche tomando una copa y bailando en el parquin del local. Sin embargo, la mayor parte de las veces preferimos optar por algo más íntimo. Por eso, y porque cuando cenamos en mi casa o en la tuya ya sabemos que antes de terminar el postre te habrás abalanzado sobre mí. Lo de estar en casa permite pasar con una rápida maniobra de la mesa al sofá y de ahí a la cama en unos segundos.

Hoy he preparado tabulé de cuscús con granada, pasas y aceitunas. Muy mediterráneo. Aunque no sé por qué intento variar el menú si va a dar igual. Tú volverás a preguntarme si me gusta cocinar y yo disimularé diciendo que sí, pero que al vivir sola cocino poco.

A veces me haces preguntas para ver si yo cumpliría el estándar de mujer que querrías a tu lado. Como si te estuvieras planteando algo conmigo. Yo imagino que sí, aunque en el fondo algo me dice que solo fantaseas, como haces con el resto de tu vida.

«Llego en cinco minutos.» Tú, y esos mensajes románticos con los que me sorprendes a veces. La verdad es que te cuesta escribirme cosas bonitas, cariñosas, por eso cuando me las envías hago una fiesta durante tres días. En persona es diferente, eres diferente. O eso creo yo.

Estás a punto de subir, así que pongo nuestra canción. En realidad la elegiste tú y, a partir de ese día, se ha convertido en la banda sonora que te recibe cuando entras en mi casa. Es un ritual.

Cierras la puerta y te mueves al ritmo de la música. Te pones a bailar. Me das un beso, me agarras por la cintura y empezamos a dar vueltas. Me tarareas la canción al oído y comienzas a mordisquearme el cuello. De pronto, paras y sacas una botella que llevabas escondida: «¡Traigo vino!».

Yo te miro y sonrío, me recuerda a aquel grito de Roberto Benigni: «¡¡El ombligo!!». Me lo recuerdas en ese momento y cada mañana cuando me llega tu mensaje de «Buenos días, princesa». Y pienso que la vida es bella también para nosotros.

Si tú supieras cuánto me gustas, si entendieras lo que siento al estar contigo, si me correspondieras como yo necesito. Pero me quito este pensamiento de la cabeza para poder disfrutar de la velada.

Nos sentamos uno frente al otro y antes de comenzar a cenar brindamos. Cuando queremos, nosotros también sabemos ponernos melosos. Y empiezas a contarme aquella sesión en la que tuvieron que cambiar la localización en el último momento porque se había producido un terremoto horas antes. O aquella en la que la grabación de la publicidad era al aire libre en Suecia y casi morís congelados. O aquel día en el que la modelo que te acompañaba no se presentó porque había estado toda la noche de fiesta después de enterarse de que su novio —y representante en aquel momento— la estaba engañando con otra compañera cinco años más joven que ella.

Te miraba y me sentía una privilegiada por compartir esos momentos de intimidad contigo. Y te seguía mirando. Y te iba elevando en mi altar particular sin que tú te dieras cuenta. Yo también te contaba mis aventuras en el trabajo. Era extraño que no hubiéramos coincidido nunca antes. Hasta aquel día en el que me tocó hacer de apoyo en una sesión. Y me dijiste que mis fotos eran fabulosas. Y yo me lo creí. Porque hubo un tiempo en el que me creía a pies juntillas todo lo que me decías. Todo.

Devoramos la cena y empezamos con nuestro juego favorito en el postre. Había preparado unas fresas con crujiente de chocolate. Te pusiste en pie y comenzaste a darme pequeños bocados que ibas regando con vino. Aquello me pareció una bacanal romana que despertó todos mis sentidos. Me pusiste en los ojos un pañuelo que había dejado tirado en el salón y ahí comenzó el carrusel de sensaciones. De repente, no sabía si lo que acercabas a mi boca era una fresa, la copa de vino, tu boca o tus dedos. Y tampoco me importaba.

*A veces cojo un cigarro, una copa,*
*y me siento a pensar en ti*
*Yo, que ni fumo, ni bebo*
*Pero te pienso y te siento*
*También de pie*

#microcuento

## 13

He vuelto a fumar. Después de siete años, anoche me encendí un cigarrillo y supe que me había vuelto a enganchar. Esa calada no era igual que la que das con la euforia del momento en una noche de copas o en una boda. Fue premeditado. Lo busqué. Esta vez bajé a la calle, me compré un paquete y me encendí, de nuevo, mi primer cigarro.

Y ahora, estoy aquí, fumándome otro, y mirando la cajetilla. Últimamente los paquetes de tabaco traen unas fotos horribles. En otros tiempos te advertían y listo. Ahora te estampan en la cara un «Fumar mata» y te lo ilustran con una garganta abierta en canal. Prefería la fórmula aquella más sibilina de «Fumar perjudica seriamente la salud». Me recordaba al chiste de «Alguien ha matado a alguien».

Lo que me fastidia es que estas cosas nos las adviertan únicamente a los fumadores. Claro que fumar mata, y sobre todo mata vivir. El cien por cien de los muertos cuando fallecen estaban vivos. Luego se confirma, vivir conlleva sus riesgos e incluso te puede acarrear la muerte.

Tú deberías haber llegado a mí con un enorme cartel, como los de esos vendedores de oro de la Puerta del Sol. Un gran cartón colgado de tus hombros en el que me advirtieras a mí y al resto de la humanidad: «Enamorarse de mí perjudica seriamente la salud».

Lo complicado de todo esto es que, como buen enganche, la parte adictiva tira mucho. Y tú a mí ya me habías enganchado.

Llegabas sin avisar. A veces me preguntabas: «¿Vas a estar mañana en casa?»; otras directamente me mandabas un mensaje cuando estabas abajo, en mi portal. Y yo nunca te decía que no. Nunca.

Me parecía tan emocionante nuestra historia que me atrapó desde el inicio. Antes de cerrar la puerta ya nos empezábamos a besar. Tenía la sensación de que había que aprovechar cada instante porque no sabía cuánto podía durar. Y la cuestión es que siempre había una próxima vez, pero mi sensación era la misma. La de no tenerte seguro o —peor todavía— la de no saber qué tenía contigo, ni qué me estaba pasando.

Y lo que me pasó es que me enganché a ti como un bebé al pecho de su madre. Como si mi vida dependiera de la tuya. Tanto es así que dejé de vivir la mía para convertirte a ti en mi protagonista. Y planeaba mis días en función de nuestras citas y, sin darme cuenta, comencé a esperarte en los días en los que no nos veíamos. Un encierro voluntario pero muy tóxico para la salud. Como tú.

Y vienes y vas,
y coges y aprietas
y luego me sueltas
Y me subes a las nubes
y me quedo
suspendida
Y me caigo, me derrumbo
y me entierro
Y mi cama ya no es mía,
ni tuya
Aguarda desierta,
quejosa y desasistida
Y ya no sé por qué te espero
Si es eso lo que hago
No lo sé

*—¿Qué tenía aquello para que valiera tanto la pena?*
*—Decían que estaba prohibido*

#microcuento

# 14

«Mañana te llevo el desayuno.» Y un escalofrío recorre mi cuerpo. He salido a cenar con Berta y después hemos ido a tomar una copa a un bar del centro. Ha sido recibir tu mensaje, cinco palabras, y me he puesto eufórica.

—¿Qué tal con Manuel?

—Bien —le digo—. Viene mañana a desayunar a casa.

—Y ¿por qué no habéis quedado esta noche?

—Supongo que no podía. No lo sé. Hoy no he hablado con él. Me ha mandado un mensaje para proponerme lo de mañana.

—Este siempre se sale con la suya, ¿eh?

—Hombre, a mí también me apetecía verlo.

—No, si no lo dudo, Candela, pero es que comes de su mano. Y no me parecería mal si no fuera porque es un poco egoísta. ¿No lo ves? Hace sus planes y, cuando lo tiene todo colocadito, te llama y te tiene.

—Me tiene porque yo quiero. Le podría decir que no, si quisiera.

—Joder, Candela, faltaría más. Pero es que no lo haces. Siempre estás ahí. Y el resto del tiempo esta historia te paraliza.

—Es que...

—Es que estás enganchada a este tío y no te merece. Eso es lo que quiero que veas aunque seas incapaz de sentirlo.

Los ojos se me han puesto rasos de lágrimas, pero he aguantado la primera sacudida de Berta. Me recompongo a duras penas, trato de tragarme el nudo que se me forma en la garganta cada vez que pienso en esta situación que me atrapa y, como puedo, le respondo un lacónico: «Ya, tienes razón».

—Tú verás lo que haces, eres mayor para decidir, pero Manuel no te hace feliz. No eres su prioridad. Por lo que sea, no te tortures con eso, pero no te da más que migajas y tú le devuelves un manjar. Podrías estar con quien quisieras y te enganchas a este, Candela. Tienes que ser más fría y abrir los ojos.

Cuando he llegado a casa me han venido a la cabeza las palabras de Berta, que en el fondo son las mismas que llevo yo un tiempo repitiéndome en silencio. Pero al final, siempre termino diciéndome lo mismo: «Manuel me da la vida a ratos y a ratos me la quita. Le quiero, pero no es suficiente para mí. Necesito otra cosa. Esto lo tengo que dejar en algún momento, pero tengo que ser yo. Yo lo controlo».

Y así van pasando los días y mi vida se va convirtiendo en un espejo de lo que fui, donde cada vez me cuesta más reconocerme.

*Apágame la luna que no me deja dormir*

#microcuento

# 15

Tengo el estómago encogido. Es la manera más gráfica que se me ocurre para explicar lo que siento. Es una madeja de lana enredada, un nudo de los que te mantienen intranquila y no te dejan tragar. No hablo de mariposas, ni de la magia del amor, ni nada de eso.

Lo peor del malestar es que cuando se hace tan persistente uno se acostumbra a él. Y eso me ha ocurrido a mí. Me he acostumbrado a vivir con ese pesar, esa pena que a ratos parece más ligera, pero que en realidad sobrellevo porque hace mucho tiempo que convive conmigo.

Te lo dije un día, te abrí mi corazón y te quedaste a vivir en él.

Llevábamos un año y medio juntos y yo seguía sin ver una salida clara a aquella situación, así que me fui de viaje. Un lugar paradisíaco en el Caribe. Sola, buscando una desconexión que irremediablemente encontré.

Volé a Caracas y desde allí a Los Roques. En aquellas islas pasé unos días tranquilos en los que mi única ocupación era tumbarme a tomar el sol y leer. Una terapia sanísima si no fuera porque mi cabeza no lograba apartarte.

El tercer día, mientras estaba nadando en aquel paraíso de aguas transparentes, tuve que salir a toda prisa y ponerme a escribir. Lo sentí como una necesidad. Fue un espasmo emocional, espontáneo, descontrolado.

Hacía días que no hablábamos y quizá era una especie de síndrome de abstinencia. De un tiempo a esta parte deseaba desenamorarme de ti. Ya que tú no podías darme lo que yo necesitaba, que por lo menos yo pudiera abandonar aquello de una manera más o menos saludable, sin hacerme más daño.

Pensé que tras esta escapada volvería más lúcida y con menos ganas de verte. Menos dependiente de ti, más libre. La libertad, quién pudiera recuperarla.

Y te escribí una carta, seis folios, que me salieron del tirón. Seis hojas en las que te contaba cuándo supe que me había enamorado de ti, en las que te decía lo que sentía, lo que te quería. Finalmente esas seis hojas te las leí en persona. Tú apoyado en mi pecho, los dos desnudos y yo apenas susurrándotelas al oído. Terminé llorando. También aquella noche.

No era mi idea inicial. Yo quise escribirla para

desahogarme, después me apeteció que la tuvieras y por último sentí la necesidad de leértela yo misma.

Me dijiste que me escribirías una carta de vuelta. Nunca llegó.

*A veces me acuerdo de la primera vez que te vi*
*Otras de la última vez que me besaste*
*Y de lo que siempre me olvido es de olvidarte*

#microcuento

## 16

Un día me di cuenta de que tenía que aprender a olvidarte. Estaba claro que por mí misma no lo iba a conseguir. Tus recuerdos se habían hecho fuertes en mi interior y, cada vez que intentaba ahuyentarlos, el gesto me dolía como si me sacara una astilla.

Me había acostumbrado a ti, al dolor que me causabas como parte del conjunto. Y tú ya no estabas, pero parece que eso a mí me daba igual. Pasé por todos los episodios del manual del desamor, esos que te cuentan y no parecen creíbles hasta que te suceden a ti.

Confié en que volverías arrepentido y consciente de que yo era el verdadero amor de tu vida. ¡Qué cosas, qué será eso del verdadero amor de tu vida! Pero no regresaste. Y entonces volví yo, y al principio accediste porque pensaste que podría ser fácil, pero pronto nos dimos cuenta de que entre nosotros las cosas enseguida se vuelven complicadas. Así que, de mutuo acuerdo, decidimos que lo mejor era volver a no vernos. Y eso hicimos.

Y entonces vinieron los momentos de flaqueza. Tú pasando por mi casa un día de lluvia para decirme que me asomara a la ventana y viera cómo te estabas calando en mi puerta. Te hubiera abierto esa y todas las puertas que me hubieras pedido. Menos mal que ese día no estaba en casa, Manuel. Menos mal.

Lo que no sabes —porque nunca te lo conté— es que aquella noche volví a acostarme pensando en ti y con un nudo en la garganta. Al final el nudo se desató y rompí a llorar de impotencia y de pena. Lo nuestro no iba a poder ser y yo no me resignaba. Eso tampoco te lo dije. Lo que te conté por teléfono cuando me llamaste empapado es que no sabía qué habías venido a hacer a mi puerta.

«Me acuerdo de ti, Candela. Solo quería que supieras que sigo aquí», me dijiste. Es posible que tú ya no recuerdes cuáles fueron tus palabras exactas, pero yo sí. Ese «sigo aquí» se me quedó grabado, tatuado en las palmas de las manos, y cada mañana era lo primero que veía antes siquiera de lavarme la cara.

Respiré hondo y traté de pensar con frialdad. «No te conviene este chico, Candela. Él mismo te lo ha dicho.» Yo me repetía mentalmente esto, mientras de mi boca salían otras palabras: «¿Y qué hago yo con esta llamada, Manuel? Te plantas en mi casa para decirme que sigues ahí. ¿Y mañana? ¿Qué hago con tu visita, contigo, cuando cuelgue el teléfono?».

Y tú respondiste: «Ya...». Y en ese «ya» me quedé suspendida un buen rato después de colgar el teléfono. Porque contigo siempre pasa que se quedan muchas preguntas sin respuesta. Pero peor que eso es que algunas de mis respuestas se quedaran sin preguntas. Porque no te interesa preguntar, ni saber. Al menos esa es la conclusión que saco. Cuando algo te va a incomodar, es mejor no indagar. Y yo no paro de cuestionarme cosas, y de pensar en ti.

No había manera de hacer casar las piezas de aquel puzle. Tu quiero, pero no puedo. Mi puedo, pero no quiero. Al final se tradujo en un no podemos porque no queremos.

Yo también pasé mil veces por tu casa, pero nunca te llamé. Eso nos pasó después, que nos rondábamos sin decirnos nada. Y, entretanto, tú andarías con otras y yo con otros, pero la sombra de tu ciprés, como diría el de Valladolid, seguía siendo muy alargada. Porque te he querido mucho, Manuel, como no había querido a nadie. Como no se lo había dicho nunca a nadie. Como nadie va a quererte jamás. Esto último sí que te lo dije una vez.

Dicen mis amigas que eso es una tontería, que claro que voy a volver a querer así, que claro que te van a volver a querer, pero yo sé que así —de esta forma— no. Quizá otra forma de querer sea mejor. Quizá.

Yo por aquel entonces solo aspiraba ya a dormir apoyada en la mejor almohada, la que te hace estar en paz contigo misma. Pero todavía tuve que dar muchas vueltas en la cama antes de encontrar la postura perfecta.

## 17. JIMENA: BANGKOK Y ADELE

—Me cago en Adele.

—¿Te cagas en Adele?

—Sí, en ella y en su disco. Pero ¿qué culpa tengo yo de que la dejara su novio y se fuera con otra? ¿Eh? Que es muy cansina, Candela. Que bastante tengo yo ya con lo mío, ¡que ayer fui a una cita con un nipón, joder!

—La verdad es que la mujer es un poco triste, pero de ahí a decir que es una brasas... No sé.

—Que sí, joder, que lleva dos años con la paliza de que no puede olvidar a su ex y que solo quiere lo mejor para él, pero bien que está ahí agobiándolo con el puto disco. A él y al resto del planeta.

—¿Estás bien? Te noto *on fire,* Jimena.

—Que se emborrache como hace todo el mundo cuando le dejan, que ahogue sus penas y no moleste a nadie, coño.

—Bueno, eso ya pasó. Mírala ahora qué contenta

está, que se ha llevado todos los premios del mundo y encima ha sido madre.

—Esa es otra. ¡Es que hay que joderse! Tanto llanto, tanto amor infinito y se ha repuesto en un santiamén. ¡Que ya tiene a otro! Me cago en Adele, así te lo digo.

—Ahí te doy la razón. Todo quisqui llorando con su disco y ella en este tiempo se ha vuelto a enamorar y ha tenido un bebé.

—Te digo yo que eso tendría que ser denunciable, que por ahí no podemos pasar, Candela. Que Adele (¡ADELE!) haya rehecho su vida antes que nosotras no puede ser.

—Sí, ella se habrá casado y será feliz y todo lo que tú quieras, pero menudo pestiño de disco le va a salir ahora. El próximo va a ser infumable. Que tanta felicidad no es buena para la inspiración. Ya llorará, ya.

—Uy, sí, menuda venganza terrible le tenemos preparada. ¡Eh, tú, Adele!, no estés tan contenta con tu maridito y tu familia ideal, que no te vas a comer una rosca con tu nuevo disco.

—Tú ríete, pero ya verás como su carrera pega un bajón en cuanto empiece a cantarle nanas a su hijo. ¿Pero sabes cómo se llama la criatura?

—*¿Cry-stopher?* (Perdona mi humor inglés.)

—Qué boba. El niñito se llama: Angelo James Konecki. Ahí lo dejo.

—Hombre, le pueden llamar Angelico, y con razón, porque penita da el nombre. La de capones que se va a llevar este pobre en el internado de Hogwarts al que lo van a llevar. Ya le estoy viendo con su uniforme y con las siglas de su horroroso nombre bordadas en la americana.

—Mujer, para penita la niña de Tom Crus, el artista anteriormente conocido como Cruise. Este es como Prince, que también cambia de nombre.

—¡Ay, la Suri! Es verdad. Pobre niña mía, ¡si lleva más tacón que su madre!

—¡Y que su padre! Que eso sí que tiene mérito.

—Debe de ser muy cansado ir siempre tan a la moda. ¿Qué va a hacer la pobre cuando tenga veinte años?

—¡Pues ser como las hermanas Olsen, mujer! Un referente de la moda, la anorexia y estas cositas de la modernidad.

—Paso de niñas repollo. Estamos creando monstruos. Luego nos quejamos, pero la culpa es nuestra. Que luego los hombres quieren muñequitas. Si vieras cómo se arreglan las mujeres aquí, fliparías, Candela. ¡Son como niñas! Y las coreanas peor, que parecen el festival de los complementos con tanto lazo rosa y tanta Hello Kitty en la cabeza.

—Bueno, ¿y qué tal en tu cita de *speed dating*?

—Genial. Fui con otra amiga. Veintitrés citas rápidas en dos horas. Resultado: cero llamadas de teléfono. Ni a ella, ni a mí. Un fracaso colectivo que vale por dos, es decir, veintitrés citas fracasadas por dos mujeres sin mensajes ni llamadas hacen un total de cuarenta y seis.

—No seas tan dura, pero ¿a vosotras os gustó alguno?

—No, pero podrían haber llamado y darnos el placer de no responder. Si hasta he mirado el correo y ponía: «Cero mensajes en la bandeja de entrada». Y me he ido a la bandeja de *spam,* por si el puto servidor me hubiera echado allí a algún posible candidato.

—Has hecho bien. Tú decides quién va a tu bandeja de *spam* y quién no. Tiempo habrá de lanzarlo a la papelera de reciclaje.

*Y un día, sin tú esperarlo, me fui*
*Sin despedida, sin previo aviso, ni reproches*
*Porque a veces quedarse es ir demasiado lejos*

#microcuento

# 18

—Me equivoqué, Candela. Tengo que pedirte perdón por lo del otro día.

—¿Por qué?

—Porque no tengo ningún derecho a ir a tu casa y reprocharte que no me dejaras entrar. No puedo decirte eso. Lo siento. Me di cuenta después. Estuve a punto de mandarte un mensaje.

—Siempre estás a punto de hacer cosas y no las haces. Siempre haces sufrir a quien te rodea. Me lo dijiste hace tiempo y no quise creerte, pero es cierto. ¿Y por qué viniste a verme?

—¿No me vas a echar la bronca? ¿No me has citado para eso?

—Yo no soy de echar broncas, Manuel. Solo quería saber si tu cambio de actitud se debía a algo.

—Bueno, ando algo revuelto. Pero no, no hay nada que debas saber.

—Tú sabes que me he desnudado ante ti mil veces. Me saqué el corazón y te lo ofrecí. Me entregué al máximo. Y lo intenté hasta el final. Incluso llegué a proponerte un proyecto de vida juntos. Y tú dijiste que no. No quieres estar conmigo. Elegiste no elegirme... Y yo lo respeté. Ahora soy yo la que elige. Y elijo sobrevivir. Y para eso no puedes estar cerca. Tienes que salir de mi vida.

—¿No podemos ser amigos?

—Tú y yo no somos amigos. ¿Cuándo te vas a dar cuenta de eso? A mí todo lo que tiene que ver contigo me produce dolor. Cualquier acercamiento me hace daño, así que, si me quieres, por favor, respétame. Tienes que saber que me afecta todo lo que haces. Si me dices o si no me dices, si haces o dejas de hacerme. Todo. Vendrán tiempos mejores. Ahora no puede ser.

—Es que el cariño no se va de un día para otro, Candela. Y a mí me interesa lo que te ocurre. Paso por tu casa y siempre miro por si tengo la suerte de verte.

—Nos vamos a querer siempre, pero ahora no podemos ser amigos. Yo no sé lo que ha supuesto esta relación para ti, pero para mí está siendo muy complicado. Hace mucho que no soy feliz. Llevo demasiado tiempo triste y no puedo hacer esto a las personas que me rodean porque ellas sí que me quieren. El terremoto pasó y no me puedo quedar devastada. Por eso no puedes entrar en mi casa. Tengo que construir nuevos recuerdos. Sin ti. ¿O es que te vas a venir conmigo?

—No puedo.

—No, no quieres, Manuel.

—Es más complicado, no sé cómo explicarlo. Además, sé que no aguantarías ni tres meses a mi lado, Candela.

—¿Y lo de presentarte debajo de mi balcón el otro día?

—Me hacía ilusión hablar contigo, que sepas que estoy ahí.

—¿Y qué hago yo con eso?

—Ya...

—¿Qué hago después de esa llamada? No quieres estar conmigo. No apuestas nada por mí. He dado tanto... Te he dicho, te he hecho, te he escrito. Me he entregado tanto que estoy vacía. Me sequé. Tengo la sensación de que nunca me has tomado en serio. Lo he pasado muy mal.

—Pero hubo buenos momentos.

—Siempre he sufrido a tu lado, Manuel. Siempre.

—Al principio, al menos.

—Ahora me doy cuenta de que en el fondo nunca fui feliz del todo porque solo duraba unos días, siempre desaparecías y me quedaba sola. Siempre escapando. No entiendo ese modo de vida.

—Te secaste...

—Me sequé.

—Candela, eres la mujer más atractiva que se ha cruzado en mi vida. ¿A quién voy a encontrar mejor que tú y enamorada de esa forma? Con nadie he hecho el amor como contigo. Pasional y romántica a la vez. Con nadie he tenido una relación tan estimulante.

—Sí, pero no quieres.

Deduje por tu silencio que era libre para marcharme. Salí, cerré la puerta y empecé mi vida. Eso creía yo.

*Rabia al mirarte*
*al escucharte tan lejos*
*Rabia al no inspirarte*
*al sentir lo que siento*
*Rabia*
*y no vuelves*
*ni tampoco yo vuelvo*
*Rabia si no lo hago*
*y rabia también si te quiero*

#microcuento

## 19

Ya no me gustas. Me lo repito cada mañana al despertarme, cada vez que te pienso. Me lo digo para ver si me convenzo de una vez.

Durante todo este tiempo no he conseguido sacarte de mi cabeza. Ni de mi corazón. Lo conquistaste, plantaste la bandera, y te hiciste el dueño y señor de mis tierras, de mis afectos. Te abrí las puertas, te dejé entrar y ya no te has ido. Imposible expulsarte.

Y no me extraña, porque soy buena anfitriona; pero estoy cansada. Cansada de ti, de que no me saliera bien esta apuesta complicada. Y cansada de mí, por no ser capaz de dejarte ir. Y me esfuerzo por encontrarte un hueco, un rincón en el cofre de los recuerdos. Esa caja mágica a la que acudir para sonreír cuando me apetezca pensar en ti. Pero no hay caja, ni rincón, ni parcela, porque tú lo inundas todo, Manuel.

A estas alturas la culpa no es tuya. Ya sé cómo

eres y lo que me ofreces, lo que eres capaz de dar. La culpa es mía por no entender que puedas pasar sin mí, que prefieras la soledad a estar conmigo o la compañía de otras a la mía.

Quizá esto lo digo por pura soberbia. Con lo que yo tenía para darte, para ofrecerte, con lo que yo te quería. Yo, yo, yo.

Pensándolo bien, es posible que lo nuestro fuera una relación que yo mantuve conmigo misma y con lo que sentí. Y tú solo fuiste la persona que pasó a mi lado en aquel momento. Nos tropezamos y me aferré a ti. O tal vez sí fue una gran historia de amor, pero no he sabido encajar que tuvo un principio y un fin, como todo en la vida.

Ya no me gustas. Ya no estoy enamorada de ti, me repito, y, sin embargo, aquí sigo. Y eso ya no es mérito tuyo porque ahora que te puedo ver con nitidez debería salir corriendo, pero no lo hago porque te sigo queriendo.

Quizá exista una explicación y todo esto no sea una locura. A lo mejor es lógico que suceda porque fue mucho lo que nos quisimos. Es posible que fuese al separarnos cuando nos diéramos cuenta de la fuerza con la que nos amamos. No lo sé. Lo único cierto es que el amor es cegador cuando te golpea, pero es muy lúcido cuando se marcha. Y yo he tenido que abrir los ojos y esforzarme mucho para verte con esa nitidez. Porque yo no quería ver que tú no me querías del mismo modo. Y, aun así, y pese a estar herida, sigo pensando que el amor todo lo puede. Todo lo mueve. Quizá esté equivocada. Quizá, a pesar de la lucidez, siga sin verlo claro.

Lo que me ocurrió contigo, Manuel, fue que, después del punto, olvidé apartarte.

*Tratando de soplar la herida*
*de soltar los lazos*
*de la sangre seca*
*de esos arañazos*
*que me dejaron tus besos*
*y aquellos abrazos*

#microcuento

# 20

«¿Ya se pasó el tiempo en el que te encajan todas las letras de tango?» Se lo preguntaba un amigo al masacrado Peretti en la divertida *No sos vos, soy yo* después de que su novia lo hubiera dejado por otro de manera repentina.

Es cierto, durante un tiempo todas las canciones tristes, las de desgarro, los tangos, los boleros, la copla o los fandangos, el *rock* o las baladas, cualquiera, si hablaba de desamor, estaba escrita para nosotros.

Durante unos meses me encajaron como anillo al dedo aquellas letras que decían que te había dejado en el sillón las pinturas y una historia en blanco, no hay principio ni final, solo lo que quieras ir contando. Pero tú no volviste, Manuel, ni cogiste las pinturas ni escribiste nada. Y tu marea me dejó la piel cuarteada, la miel en los labios, las piernas enterradas.

Y cuando me quedé sin fuerzas solo pude dejarme llevar. Porque cuando llueve en el canal, la corriente te enseña el camino hacia el mar. Y tú no venías al rescate y yo seguía esperando mi regalo, ¿quién me iba a decir que sin carbón no hay reyes magos? Y así las noches fueron cada vez más largas y los días cada vez más raros. Y tocó afinar, definir el trazo, sintonizar y reagrupar pedazos en mi colección de medallas y arañazos.

Ya no nos mirábamos de cerca, ni de lejos. Y yo te esperaba, y esperaba, y desesperaba en tu ausencia. Si al menos hubiéramos tenido diez minutos, podríamos haber hablado para no oírnos, beber para no vernos y hablando hubieran pasado los días que nos quedan para irnos, yo al bucle de tu olvido, tú al redil de mis instintos.

Y a ratos me venía tu recuerdo más intenso, ese que me decía que éramos un incendio sin control. Y tampoco sirvió de nada. Porque ardieron los muros y los tejados, ardieron en llamas nuestros abrazos. Los mares y los desiertos, ardió la culpa de nuestro deseo y las palabras que llevan veneno.

No sabría ni por dónde empezar a contar nuestra historia, Manuel. Y eso que relatar el principio no puede ser tan complicado. Antes iba deprisa, perdóname si voy despacio. Lo único que alcanzo a decirte es que ahora te escribo donde me sentaba yo. Desde aquella habitación, desde aquel rincón tan exquisito.

Y allí me quedé, aunque tú no te lo creas todavía,

con mis zapatos de tacón y mi vestido de domingo. Pobre infeliz, se paró mi reloj infantil, una tarde plomiza de abril, cuando se fue mi amante.

Sé que debería haberte dicho a tiempo que este «adiós» no maquilla un «hasta luego», que este «nunca» no esconde un «ojalá», que estas cenizas no juegan más con fuego, que esta ciega no mira para atrás. Tuve que decirlo a tiempo, pero no fui capaz. Y eso que para decir «con Dios» a los dos nos sobraban los motivos.

Yo aguardaba en silencio y las palabras no me salían o se trastabillaban al encontrarse contigo. Como aquella vez cuando te dije que si te, si te, si te sirve de algo, que note, note, note que has llegado, que note que estarás siempre a mi lado. Pero no te noté. Y supe entonces que tenía que alejarme de los monstruos que no me dejaban ver, tuve que romperme en mil pedazos otra vez. Y aprender a dormir cuando no estés.

Y así, después de mil historias, me llené de cicatrices, fui el verbo en carne viva. Y me quedé sin ser la mujer elegida.

Intenté aprender de mis errores. Me dije mil veces que no iba a hacer lo mismo otra vez, no iba a hablarte, no quería un universo de cartón. Y, aun así, no gané, no aposté por mí, no soy cobarde, intenté hacerme la interesante, por ti. Ya sabes lo que dicen de los grandes gigantes.

Y por más que intenté ser lo que soy, siempre me

quedaba en un era... Era la lluvia de madrugada cálida como un fogón, era fiera como una pantera y suave como el algodón. Era siempre primavera. Y tú te marchaste, te fuiste por donde habías venido y no volviste. Y me dejaste con dos tazas de café, un papel que dice adiós, una foto de carnet y el alma llena de pena.

Es normal que me cueste olvidar. Si te soy sincera, hay cosas que quisiera borrar, haber dicho tantas tonterías que no ayudaron y empezaron a ensuciar. Pero sabes que me cuesta la vida pensar que todo era mentira e irreal.

Y después de tanto tiempo, un día te pregunté si me querías más que ayer, y no dijiste nada, ¿recuerdas? Dijiste que la historia un día se acaba. Y tu boca se quedó callada.

Qué ganas tuve tantos días de que entrara por mis venas esa fuerza que me permitiera decir bien fuerte que se acabó. Porque yo me lo propuse y sufrí, como nadie había sufrido, y mi piel se quedó vacía y sola, desahuciada en el olvido. Pero no me salió decirte —ni siquiera bajito— que ni te quiero, ni te odio. Ni que quiero bien que me comprendas, que eres uno más de tantos, que yo nunca conociera.

Y es posible que de haberlo sabido, no hubiera dado todo en un principio. Me hubiera ido sin decirte nada, no hubiera sido tan dura contigo, no habría corazón en la garganta. Y después de todo reconozco, Manuel, que peor que el olvido fue frenar las ganas de verte otra vez. Peor que el olvido fue volverte a ver.

Y no sé por qué me empeñé tanto en conseguirlo. Si tantos otros antes no encontraron la manera de poder olvidarte, ¡cómo lo iba a lograr yo! Ya sabes que al final solo queda un nada más, nada más, apenas nada más.

La música, Manuel, la melodía del alma que cuando está rota no encuentra consuelo. Y, sin embargo, no deja de sonar.

## 21. JIMENA: BANGKOK Y ELVIS

—He soñado con Elvis, Candela.

—¿Con Elvis, la pelvis?

—*Yes!* Con el rey del tupé y del movimiento de cadera.

—¿Y por qué has soñado con él?

—¡Yo qué sé! Será la contaminación de Bangkok, que hace que no vea las cosas claras.

—¿Sabes que Elvis nació en Tupelo?

—Joder, Candela, cuántas gilipolleces inútiles retenemos. Deberíamos ir a algún concurso de la tele a demostrar nuestros conocimientos rarunos. Por cierto, Tupelo está en Misisipi.

—Cuéntame tu sueño, porque nos vamos del tema.

—Se me acercaba Elvis y, con esa voz profunda, me decía: «La vida es una puta. A ratos te hace pasarlo bien, te hace tocar el cielo con las yemas de los dedos, pero siempre, sin excepción, termina haciéndote pagar».

—Coño, ¿y tú qué le has dicho?

—Yo me he asustado y le he gritado: «Pero ¿tú no estabas muerto?». Y él ha sonreído, con esa sonrisa suya, me ha guiñado un ojo y me ha dicho: «Sí, pero he vuelto para que aprendas la lección. Es bueno que a tu edad ya sepas que la vida es rencorosa y no perdona, pero —pese a todo— merece la pena. El final siempre llega. De eso no se libra ni Dios, ni un rey como yo. Así que ¡a vivirla!». Ha soltado una carcajada de esas que te retumban en los oídos y ha desaparecido.

—¿Y bien?, ¿qué lectura haces de tu sueño?

—Freud seguramente diría que mi inconsciente me está mandando señales para que haga un trío. Yo, la verdad, no sé qué pensar. Supongo que tengo que aprovechar la vida, que se pasa volando.

—Hum... *Carpe diem* o trío. ¿Ese es el dilema? Quizá no haya que elegir y lo uno te lleve a lo otro.

—No sé, yo lo único que te digo es que no sé qué coño hago aquí.

—Déjame que te lo recuerde, Jimena: estás viviendo una experiencia única.

—¡Desde luego que sí! Verás, te estoy escribiendo desde el metro, que va abarrotado de gente.

—¿Muchos tailandeses a tu alrededor?

—MUCHOS. Y no solo tailandeses. También japoneses, chinos, camboyanos. Hay gente de todos Laos.

—¡Festival del humor, Jimena!

—Sí, mucha risa. Te cuento. El señor de mi derecha, que viste un traje carísimo, se acaba de sonar los mocos soplando al suelo en la parada del distrito financiero. Guarri Street va a pasar a llamarse a partir de hoy.

—¿Y has conseguido apartarte a tiempo o llevas una coliflor de mocos en el pie?

—No... Tengo práctica ya en esquivar fluidos. Qué hijoputa. ¡Usa un pañuelo, hombre, que no son tan caros!

—Tranquila, *sit down,* Miguelita... Algo bueno tendrá vivir en Asia, ¿no?

—Sí, que en caso de una epidemia incontrolable ellos se extinguirán primero porque son muchos.

—Te veo positiva y eso me gusta, Jimena.

—A lo mejor si su aire no fuese puro veneno no les importaría tragarse los mocos de vez en cuando.

—Venga, ¡¡¡dale fuerte, suéltalo todo!!!

—Pues ya que estamos te diré que odio a estos taxistas con todo mi ser. Orcos de Mordor. Los metería a todos en una piscina de ácido clorhídrico, pero disuelto, para que tarden más en descomponerse y sufran como yo he sufrido.

—Joder, ¿algún episodio con taxistas que deba conocer?

—El mejor fue el taxista que me dijo: «¿Por qué no te coges el metro?». Con dos cojones fue todo el camino rezando en arameo porque había mucho tráfico y no quería conducir. Y me estuvo amenazando con dejarme en todas las estaciones de metro por las que pasábamos. Y yo haciéndome la sueca, como si no lo entendiera para que no me diera la patada. Lo que me pude reír después. Cuando llegamos a mi casa y descubrió que hablaba bien su idioma, casi le da un ataque.

—Sí que son raritos, sí.

—Son toda una especie. Y el que empezó a dar vueltas por la ciudad pensando que yo era tonta y no me enteraba. Al final se me puso de rodillas para pedirme perdón porque le dije que mi marido era el jefe de la policía de Bangkok y que a mí no me iba a timar.

—¿Paró el taxímetro?

—Lo paró. Y se hizo caquitas encima, también.

—Vaya aventuras, Jimena, no te aburres allí.

—¿Y te he hablado de la dependienta de la tienda que hay debajo de mi casa?

—No.

—Me preguntó el otro día por qué no estaba casada con la edad que tengo. Me dijo que aquí si tienes más de veinticinco años y no te has casado eres una fracasada.

—Joder con la tendera.

—Y le dije que no me había casado porque los asiáticos no se lo saben montar en la cama. La dejé pensando en su maridito. ¿Vino a joder?, pues yo más.

—Espera. Me acaba de llegar la foto que me has mandado. Se me está descargando.

—Por si no lo ves bien, Candela, son dos señores a mi lado esperando el vagón en cuclillas.

—Sí, ya lo veo. Pero ¿qué hacen esperando en cuclillas?

—Me lo preguntas a mí porque yo vivo aquí, pero, verás, lo siento, no tengo ni zorra idea.

—¿Nunca se lo has preguntado? A ver si es por la artrosis.

—Se ponen así para descansar. Es un espectáculo.

—¿Se descansa mejor en cuclillas? Llámame rara, pero prefiero una silla. Soy tan occidental...

*Esa manía tuya de salir corriendo*
*Esa costumbre mía de esperarte*
*Ese defecto nuestro de dejarnos huella*

#microcuento

# 22

Nunca había llorado tanto por nadie. Mientras estuvimos juntos lloraba cuando desaparecías sin avisar y cuando me prometías algo que luego no cumplías. Lloraba muchas veces —demasiadas— y casi siempre en silencio. Ahora con la distancia creo que en realidad lloraba porque me daba pena. Pena de mí por haberme enamorado de alguien como tú. Tan fascinante cuando se te está conociendo, tan defectuoso en la distancia corta. Y ni siquiera esos defectos lograron que no llorara también cuando te perdí, cuando decidí que ya era suficiente. Cuando me miré en el espejo y no me reconocí, ni por dentro ni por fuera.

Como aquel día que pude contenerme —no sé muy bien cómo— y no quedé contigo en un gesto de rebeldía y también de voluntad por salir de aquel pozo en el que me encontraba. Me habías llamado para quedar a cenar. «¿Llevo un vinito y algo para picar y me paso por tu casa? Tengo fresas», me dijiste emocionado. Hubiera respondido que sí antes de que terminaras la primera frase. Te habría recibido con mi mejor sonrisa. Me habría puesto una lencería sexy, quizá esas medias con encaje rematadas a media pierna por un liguero. Esas que me habías dicho mil veces que te encantaban.

Era viernes y yo no iba a salir. Me sonó el teléfono, vi tu nombre en la pantalla y automáticamente se me aceleró el pulso. Contuve un momento la respiración para que no notaras mis nervios y te saludé lo más tranquila que pude. Cuando me propusiste el plan, noté un pellizco en la boca del estómago. La decisión no era fácil. Me había propuesto romper con aquello, así que te dije que no podía, que había quedado. Colgué y me tumbé acurrucada en el sofá abrazándome las piernas con fuerza. Y así me quedé un buen rato hasta que, no sé muy bien cómo, me recompuse y me fui a cenar con Berta.

Sabía que debía evitar la ocasión para poder evitar el peligro, así que esa noche no dormí en mi casa. Me quedé en su apartamento. Estuvimos charlando un buen rato durante la cena y al final caímos rendidas. Por la mañana me despertó un mensaje tuyo. «Entiendo tu postura. Sé que no puedo darte lo que necesitas. Te mereces algo mejor. Aun así, si estás en casa, me paso a verte. Tengo tus fresas.» No sé qué leí exactamente, qué parte de aquella declaración de intenciones clara, obvia, evidente, no entendí —no quise entender—, pero salí corriendo de casa de Berta. A los diez minutos me presenté en mi casa para poder recibirte como merecías. Como tú crees que te mereces. Como yo creía que te merecías.

Saber que estás haciendo algo mal, que te estás equivocando, dispara las sensaciones. A mí me pasaba contigo. Como cuando sabes que si te tomas otro café no dormirás esa noche, pero te arriesgas. Y, efectivamente, te desvelas y pasas una noche de perros, pero eso no evita que la próxima vez vuelvas a arriesgarte. Tú eras mi cafeína. Mi expreso de medianoche.

Ese día no sé muy bien si follamos o hicimos el amor. Contigo a veces costaba diferenciar. Yo siempre lo vivía como lo segundo, pero con la pasión de lo primero. O al revés. O viceversa. O indiferente. ¡O qué sé yo! ¿Cuál es la diferencia entre follar y hacer el amor?

Pasamos un día estupendo, tumbados en el sofá. Y del sofá a la cama. Y de la cama a la mesa y vuelta a empezar. No te quedaste a dormir. Supongo que pensaste que aquello ya sería un exceso. En ese momento no le di demasiada importancia. Todavía tenía en vena el subidón de endorfinas que me acababas de cocinar. Sin embargo, al día siguiente fui notando cómo se pasaba el efecto de tu elixir de la pasión. Cuando volvimos a intercambiar mensajes y yo traté de sacarte el romanticismo como el corcho a una botella de vino, me respondiste que lo del día anterior eran fresas. «Son solo fresas, Candela. No puedo darte más.» Y, de esa manera tan sencilla, aquel día volviste a romperme el corazón.

Y ahora, aquí estoy, recomponiéndolo después de que lo hicieras trizas. Me lo advertiste: no te enamores. Te lo advertí: me he enamorado. De nada sirvieron nuestras advertencias. Yo caí con todo el equipo. Tú querías disfrutar, compartir experiencias, divertirnos sin pensar en el futuro. Yo no lo supe controlar. Tanto es así que lo viví como la historia de amor más maravillosa del mundo. O quizá no tanto. Como una historia de amor fascinante. Así creo que está mejor definido. Más exacto. Porque fascinación es lo que despertaste en mí.

Yo, la que podía estar con unos y con otros sin involucrarme demasiado. Yo, la que pasaba de puntillas por el arco de Cupido, ahora estaba paralizada con su flecha del amor. Yo, la que odiaba los mensajes cursis, allí estaba escribiéndote unos textos tan almibarados que te dejaban el móvil perdido de tan pringoso.

*Le pedí al tiempo*
*un segundo*
*Al silencio,*
*que me hablase*
*Le pedí a tus ojos*
*un mundo*
*Y a tu boca,*
*una excusa*
*para besarme*

#microcuento

## 23

Estoy convencida de que a ratos te acuerdas de mí. Piensas en los buenos momentos que pasamos juntos. Yo te gustaba mucho, Manuel. Mi manera de reír. Al principio me reía todo el rato. Me hacías gracia y eso te encantaba. Te recibía con una sonrisa y un beso. Un beso que se convertía en mil o en uno muy largo, depende del día. Te fascinaba pasear tu lengua por mi boca, por mis dientes, unos dientes que nos sabíamos de memoria, como te escribí una vez. Porque te he escrito mucho, te he dicho muchas cosas y tú te has callado demasiadas. Y quizá no fuera tu intención hacerme daño. Quizá me quisiste mucho también. Quizá me sigas queriendo. En silencio. No lo sé.

Ahora es distinto. Cuando nos vemos ya no hay miradas como las de antes. Cómo nos mirábamos. «Nunca me habían mirado así», me comentaste aquella vez. De hecho, Manuel, creo que nunca te habían querido de este modo.

«Candela, eres fuerte, más de lo que crees», me susurraste al oído aquel otro día. «Y frágil como el cristal», te respondí yo con un hilo de voz contenida. Es cierto. Quizá haya que tratarme con tanto mimo que asuste. Quizá con una palabra mal dicha ya salten las alarmas. Y quizá tú no supieras medir eso. Quizá tú seas torpe y despistado. Quizá de haber seguido juntos me habrías hecho mucho más daño. Me habrías traído más dolor que felicidad. O, quizá, simplemente no seas el hombre que yo necesito.

Me lo dijiste mil veces, pero yo no quería escucharlo.

—Así que me merezco a alguien mejor. ¿A quién?

—Yo no quise hacerte daño, Candela, te lo dije el primer día. Esto es lo que puedo darte. Y lo aceptaste.

—Las cosas no son así, Manuel. Que tú no quisieras hacerme daño no ha evitado que lo hicieras, ya ves. Uno no puede entrar en la vida de otra persona, ponerla patas arriba y hacer como si nada.

—Pero yo no he hecho como si nada.

—A veces sí, Manuel. Te encanta mirar para otro lado y desaparecer. Cuando las cosas se complican sueles salir corriendo, escapar; siempre lo has hecho.

—Yo hablé contigo. Te quiero, pero no puedo darte más. Te lo dije, ¿te acuerdas?

—Claro que me acuerdo. Me acuerdo de todo. De cuando me dijiste por primera vez que me querías y me acariciaste la cara con la mano. De cuando me miraste de cerca aquel día, de cuando me besaste y te tragaste mis lágrimas. De todo. Claro que me acuerdo. También de lo bueno, de lo contrario, no estaría así.

—¿Y cómo estás?

—Al fin lo preguntas... Mal, Manuel, estoy mal. Mi corazón no entiende que te fueras, que quisieras irte.

—¡Pero si fuiste tú quien dijo que ya no podíamos vernos más!

—Lo dije porque ya no podía aguantar más, no podía seguir consumiéndome en un amor que me estaba machacando, pero no porque dejara de quererte.

—Yo también sigo queriéndote, Candela. Pase lo que pase, siempre vas a ser especial para mí.

—Sí, pero desde lejos.

—Desde lejos...

—Adiós, Manuel.

—Adiós, Candela.

*La vida es eso que pasa mientras te cuento*
*que cuento los días que pasan*
*para que tú también los cuentes*
*Y me lo cuentes*

#microcuento

## 24

Esta mañana al despertar me ha venido a la cabeza una imagen. Esos puestos de playa repletos de camisetas de tirantes con las mangas y el bajo cortados en tiras a modo indio. Y he recordado esas frases que llevan impresas: «Estuve en Benidorm y me acordé de ti», «Tu abuela que te quiere te trajo esta camiseta». Que, pensándolo bien, es para reflexionar sobre cuánto te quiere tu abuela si te trae eso de recuerdo.

Pero volvamos al tema. Te hablo, Manuel, de suvenires, de regalos con mensaje. El concepto de suvenir ya lleva implícitas dos ideas: que es feo y que resulta inservible. No conozco ninguno que no sea incómodo de ver y que tenga alguna utilidad más allá de la de ser abandonado para coger polvo en una estantería poco visible. Por eso valoro el ánimo innovador de esas camisetas. Quieren ir más allá. Trasladar un mensaje, llegar, tocar la fibra. Y es posible que te dé un pellizco en el corazón (o en la boca del estómago) al comprobar que tu madre te trae aquella camiseta de Canarias. Y que —por si no había quedado claro— unas letras encajadas entre motivos florales vivos y alegres te dicen que ella se acordó de ti en el momento de comprarla.

Todo este rodeo por los obsequios de dudosa belleza lo doy porque hoy me he sentido yo así. Soy un suvenir en mí misma. Soy esa camiseta. Y llevo pintado el mensaje cursi e inútil en la frente. Porque hoy, Manuel, al despertarme me he acordado de ti. Y al ducharme he pensado en tus besos. Y mientras me enjabonaba. Y al recogerme el pelo. Y mientras me secaba y después cuando me vestía. Cada gesto, cada pequeño paso que iba dando en mi ritual diario llevaba implícito un mensaje para ti.

Para ti era la forma en la que me he enfundado en los vaqueros, el perfume que he colocado de manera estratégica en el cuello, en las muñecas y el golpecito final en el escote. Me acordé de ti al cerrar la puerta de casa y también al subirme al coche. Al poner la radio y seleccionar el dial hasta que apareció la canción que mejor nos encajaba.

Y así has ido acompañándome durante toda la jornada. Y ya no puedo más, Manuel. Tanto regalo inútil me lastra. Te grito en un estadio vacío. Te llamo desde un teléfono sin cobertura. Te miro con unas gafas de sol para disimular y que no notes que lo hago. Eso me pasa. Y eso me pesa.

Los suvenires son un «sí, pero no». Un regalo de bajo coste, una manera poco generosa de acordarse de alguien. No me gusta hacer esto contigo. Pero quiero que sepas, Manuel, que hoy me he acordado de ti. Lo dice esta camiseta que llevo siempre encima con tus letras tatuadas.

## 25. BERTA: AEROPUERTO

Hay momentos inolvidables entre amigas que se repiten a lo largo de la vida con sabores más o menos agridulces, pero siempre con mucha complicidad. Un detalle tan pequeño como hacer una maleta es prueba irrefutable de amistad. Esta vez no fue una excepción. Candela y yo lo repetiríamos a menudo durante aquella etapa. Siempre nos juntábamos justo antes de un viaje importante, un momento decisivo o un fin de semana romántico.

Aquí me encuentro sentada en su cama seleccionando con precisión prendas de una maleta llena de ternura que volverá vacía y amarga. Esta semana planeamos juntas cada pieza, cada color, cada zapato.

Al fin su oportunidad, su viaje, cuando Candela le plantearía una vida en común. La noche en la que, después de aquello, dormirían juntos y a su lado escucharía cada temblor, cada respiración. La madrugada en la que —imaginábamos nosotras— lo vería besarla, tocarla y sentiría su piel rozando la suya. Y al despertar todo sería distinto. Y lo fue.

Empaquetamos velas que encendería con el fuego que nos da la pasión y, al final de todo, la delicada lencería de encaje negro con una pluma sugerente. Porque tenemos que celebrarlo a lo grande, nos reíamos. Es curioso cómo se siente una mujer con una prenda íntima sexy. Y eso que, en cuanto se muestra, apenas resiste unos minutos en el cuerpo, en ocasiones segundos. ¡Es un talismán femenino!

Esa maleta nos regaló una tarde de risas, de tonterías y de comentarios absurdos que no olvidaré jamás.

Cruzamos mensajes —como siempre hacemos— de incentivo, de suerte y, después, el silencio. Los silencios de Candela los vivo mal. Estoy tan acostumbrada a que hable, a que sonría, que hasta que tuve respuesta lo pasé fatal.

Aquel despertar fue de los más complicados de los que tengo memoria. Cuando me llamó, fue como si yo misma despertara de un mal sueño. Recuerdo que apenas podía hablar y que en su voz existía un desespero que no quiero volver a escuchar.

No podía hablar. Las lágrimas se mezclaban con el sonido. Creí que algo terrible había pasado. Y para ella sí que había sido un golpe durísimo. Fue como descubrir que los reyes magos no existen y que alguien ha muerto, todo a la vez. Se le fue la ilusión; le rompieron los ojos para que viera una realidad que no era la imaginada.

Había también en su voz una humillación que yo intentaba minimizar sin lograrlo. ¿Cómo podría conseguirlo? Yo misma le había dicho: «Vuela, vuela lo más alto que puedas» , y ahora estaba recogiendo los trozos, sus mil trozos, y sabía que no tenía un pegamento lo suficientemente fuerte para recomponer los pedazos.

De alguna forma volví yo a sangrar por esa herida. Verla así me hizo verme a mí misma y acordarme. Ese momento en que Manuel se quería ir y Candela le suplicó hasta la puerta que se quedase. Ella lo veía todo posible y él imposible. Su frialdad, su silencio indiferente entre palabras de consuelo.

Cuando conseguí entenderla al teléfono me dijo: «No se quedó, Berta, no se quedó».

El fuego se apagó, las velas quedaron frías y toda la ilusión se quedó allí, en aquella habitación de hotel.

Hay algo de esa noche que nunca llegué a entender. El porqué. ¿Por qué no se quedó? ¿Por qué no le hizo el amor?

Pero del sufrimiento de Candela surgiría otra historia. La suya propia, la de su reconstrucción, la del paso definitivo para pedir ayuda. Para que nos diéramos cuenta las dos de que no podía más. Ni yo tampoco.

La recogí en el aeropuerto y tengo la sensación

de haber recogido a otra persona. Estaba más delgada que veinticuatro horas antes y su mirada denunciaba una noche en las trincheras.

El vuelo a su lado le había pasado factura; como se la pasaron la noche anterior y esos dos años que estuvieron juntos. Dos años. Cómo corre el tiempo.

Me gustaría matarlo. A él y al tiempo. A él por no valorar a Candela y por todo el daño que le ha hecho. Al tiempo para que pare. Que pare, por Dios. Para que no se le vaya la treintena, para que pueda disfrutar mientras (se) busca.

Porque cuando se encuentre descubrirá una mujer extraordinaria, divertida, llena de vida, inteligente, dedicada, fiel. Y sería fantástico que cuando eso ocurra no le hayan aparecido demasiadas canas.

Desde fuera reconozco que a ratos lo vi posible. Yo también creí que cambiaría. Pero hoy, a las diez, en Barajas, me doy por vencida.

*El hombre a quien yo quiero*
*Me busca*
*Es justo y sincero*
*No existe*
*El hombre a quien yo quiero*
*Me lo invento*
*Por eso le espero*

#microcuento

# 26

«Te lo inventaste, Candela. El hombre de quien te enamoraste. Aquel a quien has dedicado tus días y tus noches todo este tiempo no existe. Nunca existió. Y él no es el culpable. Fue tu imaginación y las ganas de que él encajara en ti como la pieza perfecta del puzle. Ahora te toca mirarlo sin el prisma de la idealización. Viendo las virtudes y los defectos, sobre todo los defectos, que antes eras incapaz de ver. Y tendrás que construir una amistad que nunca será como el amor que deseaste, pero al menos será más sincera.

»Te digo todo esto porque llevas un tiempo viniendo a consulta y te conozco y sé que esta semana va a ser complicada porque es el aniversario de vuestra ruptura. Te lo tienes que decir una y otra vez, Candela, llevas mucho tiempo enamorada de un hombre que no existe.

»Te has empeñado en ver lo que no había, en

imaginar situaciones perfectas que no lo eran. Y todo porque pensabas que eso era amor. Pero el amor no es eso, Candela. El amor es generoso. Tienes que estar al lado de una persona que quiera estar contigo, que te busque, que te cuide y para la que seas lo más importante. Se acabó el luchar por un amor imposible. Lo tuyo no ha sido un amor imposible. Ha sido un amor no correspondido. No, al menos, como tú hubieras necesitado.

»No puedes permitir que esto se enquiste y se convierta en algo obsesivo, que sea todavía más difícil de curar. Tienes que mirar dentro de ti. Detectar tus carencias, entender lo que ha ocurrido y, a partir de ahí, tomar las riendas de tu vida. Tú eres la protagonista de tu historia, no él. Manuel es un personaje secundario. Debes poner el foco otra vez en ti y olvidarte de él. Te tiene que dar igual lo que haga con su vida. No está contigo, eso es lo importante y lo que estás empeñada en no ver. No está contigo porque no quiere. No quiere comprometerse. Y no hay más que hablar. No lo vamos a analizar ahora a él, que bastante tendrá con lo suyo. Me dan igual sus miedos o sus traumas. Es mayor para resolverlos él solito y, si no, que busque ayuda como hiciste tú. Pero es que él nos da igual, ¿entiendes, Candela?, nos da igual.»

Con esa charla me recibió Carmen un día en la consulta. Voy desde hace más de un año. Y me sé de memoria la teoría, pero al final nunca consigo llevarla a la práctica. Yo creo que se desespera conmigo, y no me extraña. Ya no sabe qué plantearme para que pase página.

Al principio de la terapia estaba tan mal que te protegía, Manuel. Cuando le decía que había quedado contigo se ponía enferma y yo me dedicaba a defender nuestro amor. «Es que para él también es difícil. En el fondo no quiere hacerme daño. He sido yo la que ha insistido.» Y así iban pasando los días.

«Te quedan tantos peldaños por subir, Candela. Tienes que dar pasos en firme», me decía ella. Por aquel entonces Carmen contaba con la presencia de otras mujeres en tu vida. Yo siempre negaba esa posibilidad. Ahora ya no sería capaz de poner la mano en el fuego por nadie. Cómo es la vida, durante mucho tiempo me hubiera quemado por ti.

—Es un narciso, Candela. Nunca te ha querido como lo has querido tú. Manuel te ha querido, pero a su manera.

—A su manera... Y ¿cuál es su manera de querer?

—Se quiere a sí mismo más que a nadie. Las personas así no saben querer de otra forma. Por eso para ti no es suficiente, Candela. No es que no quiera quererte, es que no sabe hacerlo. Manuel es así y has de aceptarlo.

Las palabras de Carmen fueron directas a ese lugar preferente de la memoria donde se colocan algunas frases distinguidas que recordarás siempre. «Manuel te quiere, pero a su manera» fue una de ellas.

Aquella fue la primera vez que lloré en la consulta de Carmen.

*Y que cada vez que me pasa algo*
*pienso que te lo estás perdiendo*
*Y que cada vez que se me pasa*
*pienso que te estoy perdiendo*

#microcuento

## 27

El día que borré tu número de la agenda. Ese día fue decisivo. Fue un gran paso para mí. Me sentí la Neil Armstrong de las emociones, dando un paso de gigante para mi propia recuperación. Busqué en la M y allí estabas tú tan tranquilo: MANUEL. Te faltaba aparecer silbando, como si nada.

Te seleccioné en el menú del móvil, tecleé «Opciones» y le di a «Suprimir contacto». Y así te fuiste. Dos años de relación borrados con un solo gesto. Fue tan liberador como doloroso. Se acabaron las noches mirando si estabas en línea. Adiós a comprobar —antes incluso de levantarme— cuál había sido tu última hora de conexión.

Dice mi amiga Jimena que su problema es que se enamora de hombres con un ego que no les cabe en el cuerpo. Su teoría es que empiezas con la admiración al susodicho y terminas perdonando todos sus defectos e hinchando su autoestima hasta que resulta imposible despegarse de él. Su conclusión, después de tantos años tropezando siempre con la misma piedra, es que hay que protegerse de ellos. Los ególatras son terriblemente peligrosos, me ha advertido mil veces. Necesitan presas a su alrededor de las que nutrirse. Personas buenas y entregadas que les recuerden constantemente lo maravillosos que son. Se acabó. *Delete,* Manuel.

Unos vienen y otros van. Hay un antes y un después en la vida, un punto de inflexión: el día que recibes el primer Whatsapp de tu madre. Tu madre, a la que enseñaste a programar el vídeo dejándole todo anotado en un folio, la que te mandó su primer SMS en blanco y el segundo todo en mayúsculas y sin separaciones entre las letras. Tu madre tiene ahora Internet en el móvil.

Y de repente te entra un mensaje que te dice: «Hola, hija». Y se tambalean los cimientos de tu existencia. Tu madre está «en línea». Y le respondes: «¡¡¡Momento histórico!!!». Y ves un «Escribiendo...». Y al minuto miras y sigue el «Escribiendo...». Y diez minutos después vuelves a mirar y al fin lees: «Aguanta, que va».

«Aguanta, que va» resume todo. Es la mejor forma de la que me han pedido que tenga paciencia. «Aguanta, que va» para decirte que ya está allí, que está llegando, que va a llegar. Mi madre es maravillosa. ¿Te lo había dicho alguna vez, Manuel? Pues lo es. Nadie se preocupa por mí de ese modo. Nadie sabe si me duele algo solo con responder al teléfono. Nadie va a ocupar su lugar. Nadie. Nunca. Y eso que durante un tiempo la aparté. Y no digo que tú fueras el culpable, pero sí fuiste la causa. Por ti la desplacé y empecé a interesarme menos por ella. Y ya no la llamaba tanto y no me preocupaba por sus cosas. Porque sus cosas no eran las tuyas y a mí solo me interesaba lo que te pasaba a ti.

En mi opinión las nuevas tecnologías son un asco para los asuntos del corazón. Ahora, cuando te deja tu novio lo hace en persona —si tiene la deferencia—, por teléfono, por Whatsapp, por Twitter, en Facebook. Y así hasta siete maneras diferentes de que te dejen. Vamos, hombre, es una tortura y una humillación pública. Eso no se puede tolerar.

Tú te limitaste a la vía convencional. Te lo agradezco. Aun así, creo firmemente que Whatsapp debería implosionar, desaparecer en lo más profundo de tu móvil, cuando terminas una relación.

¿Qué es eso de que lo hayamos dejado, Manuel, y tú estés conectado a las 00.38? ¿Qué es eso de que la última conexión la tuvieras a las 2.43? Que no es que esté pendiente de ti. Que no es eso. (Emoticono con los dientes apretados.) Es que tú no lo estás de mí. Y eso sí que me duele.

Debería haber más estados en Whatsapp. Esos «En línea» y «Escribiendo...» se me quedan cortos. Muy cortos. Cortísimos. Y ahora no estaba pensando en ti, Manuel, no seas suspicaz.

Debería haber un estado que fuera «Te he leído y no me apetece una mierda responderte...». Lo podríamos resumir con un «Ignorándote...».

Otro que sería muy útil es el de «Estoy hablando con otras mujeres a estas horas y no eres tú...». Ese podría ser «Flirteando...». Mi amiga Berta optaría por algo más directo del tipo «Zorreando...», pero —por muy modernos que seamos— yo creo que hay que seguir guardando las formas.

¿Y qué me dices de un tercer estado que me alertara de cuando eres tú quien está fisgando para ver si estoy conectada? Algo así como un «No estoy cotilleando en tus cosas, era solo para ver si te funciona bien el Whatsapp, que hace días que no me dices nada y me voy a preocupar porque sé que tú eres de estar muy encima de las cosas, que tienes muchos detalles, Candela, y me extraña que últimamente no me busques y eso...». En ese caso aparecería: «Perrodelhortelano...».

No hay cosa más lamentable que disimular por Whatsapp. Mandarle una foto —oh, cielos— por equivocación para que te responda. Hay líneas que no se pueden traspasar. Me alegro de no haberlas cruzado contigo. Reconozco que a punto estuve una vez de mandarte una foto en la que yo salía muy mona, la verdad, solo para darte rabia. Pero esa actitud de «esto es lo que te estás perdiendo, chaval» no me gusta. Así que me contuve y ni siquiera la envié «por error».

Te recuerdo que tú sí que me enviaste una foto tuya. ¿Dónde era? Ah, sí, en Kuala Lumpur, entre las Torres Petronas. Que hay que tener un cuajo muy grande y una autoestima a prueba de los magnates malayos del lugar para enviarme a mí esa foto. Estuve a punto de responderte: «¡¡¿Y...?!!». Menos mal que opté por un respetuoso silencio, algo así como un «Aquí no ha pasado nada. Esa foto nunca ha existido».

Manuel, el Petrón. O mejor, Petronio, árbitro de la elegancia, que se quedó en eso, aunque tú siempre has pensado que estabas más arriba, como una especie de deidad. Pero no has sido emperador, Manuel, nunca fuiste Nerón, aunque es cierto que conseguiste incendiar Roma, al menos mi Roma.

*Un monosílabo. Dos letras*
*Cincuenta por ciento de posibilidades*
*Y todavía te preguntas*
*¿y si hubiera dicho sí?*

#microcuento

## 28

Era muy tarde, más de las once de la noche. Solo recuerdo que era martes, y eso no es poco. Últimamente las semanas se me amontonaban. Era una sensación extraña, nueva para mí. Como si los días me pasaran por encima y no me dejaran disfrutar de ellos. El tiempo se había convertido en algo impreciso, una especie de acordeón que se estiraba y se encogía a su antojo. Y, así, había minutos interminables y días que pasaban tan rápidos como los años que llevaba pegada a tu recuerdo.

Sonó el timbre de casa, abrí y allí estaba Carol, con la cara descompuesta, completamente desencajada, como si acabara de presenciar un accidente o la hubiera atropellado un camión. Quizá era eso lo que le había ocurrido. Estaba arrasada. Llevaba nueve años con Andrés, el tipo más egoísta que he conocido jamás. La verdad es que en realidad no lo conozco, apenas de saludarnos, pero sé lo que está siendo en la vida de Carol y eso no se lo perdono.

Después de casi una década esperando ese divorcio que no llega, esas promesas incumplidas, esas noches de Orfidal, esos días vacíos de sentido, Carol se plantó en mi casa destrozada. «Estoy embarazada, Candela», me espetó. Yo me quedé inmóvil, sin saber qué decir, no sabía si debía alegrarme por ella.

«Se lo he contado a Andrés —continuó— y me ha dicho que él ya tiene tres hijos y que no piensa tener otro más, y menos conmigo.» Levantó unos segundos su cara cubierta de lágrimas, buscó mis ojos y, con una mirada sin consuelo, me repitió: «Conmigo, ha dicho, Candela». Y lo volvió a repetir, ya con un hilo de voz: «Conmigo...». Cuando salieron esas palabras de su boca, supe que Carol era consciente de que había perdido la poca dignidad que le quedaba.

Lo peor de todo es que no era la primera vez que le pasaba algo así. Carolina se fue dejando anular poco a poco y todo por sostener una relación que a la larga se ha visto que es insostenible. Al principio lo disfrazó de pasión, después de amor y por último de una dependencia que la tenía atada de pies y manos. Tanto es así que decidió comprarse su casa al lado del trabajo de Andrés para que a él no le supusiera demasiada molestia ir a verla. Y así fue construyendo su vida alrededor de la de él, pero sin ser ella nunca el centro de la historia.

Aquella noche se quedó en mi casa, le preparé una tila doble y la abracé hasta que dejó de temblar gracias a la pastilla que, una noche más, volvió a ayudarla a dormir y a hacerla olvidar, durante unas horas, que no era dueña de su vida porque se la estaba regalando a quien menos la merecía.

Pocos días después la acompañé en el duro trance que para toda mujer es un aborto. Lo hablamos, lo pensó bien y decidió interrumpir el embarazo. Fui con ella a la clínica. Estas cosas se siguen haciendo casi siempre de espaldas al mundo, a la familia y —en este caso— de espaldas a él, que tampoco quiso estar a su lado en ese momento.

Al despertar de la anestesia lo primero que me preguntó fue: «¿Ya está, Candela?». Asentí, le lancé la mejor de mis sonrisas y le dije que todo había ido bien y que en unas horas estaría como nueva. «Solo espero no arrepentirme de esto el resto de mi vida», me respondió. No supe qué contestar, así que le di un beso en la frente y le dije que todo saldría bien. Cerró los ojos y siguió durmiendo.

Cuando un tiempo después, jugando a jugar contigo, tuvimos aquel susto en la cama, rápidamente me vino a la cabeza Carolina. El preservativo se rompió y entré en pánico. ¿Qué pasaría si me quedo embarazada de este? Así lo pensé, *de este*. Nada de Manuel, de mi amor, ni cariño. «De este —me dije—, que en el fondo sé que no me conviene.» Me asusté mucho. Pensé en cómo sería educar un hijo a tu lado o hacerlo sola, en cómo sería emprender la vida contigo o compartir la custodia del niño. Todo eso pensé.

En unos segundos me imaginé todos los escenarios y en ninguno de ellos me vi feliz. Ni a tu lado, ni lejos de ti. Y en ese momento me acordé de otro día cuando, después de uno de nuestros enfados, viniste a verme al trabajo y me regalaste unas flores. Te miré sin saber bien qué decir, ni qué hacer. Y cuando ya te habías ido te lancé aquel mensaje: «Nada tiene sentido contigo, pero sin ti todavía menos». Y tú respondiste: «No dejas de sorprenderme, Candela. Qué profundo eso que dices». Y punto.

Has sido el rey poniéndole el punto a mis mensajes y yo la reina en sumarle un par de ellos hasta convertirlos en suspensivos.

En cuanto te fuiste de mi casa fui a comprar la píldora del día después. Fui yo sola, me la tomé yo sola y padecí el siroco hormonal que me acarreó yo sola. Y pensé en Carolina y en mí, y en la de mujeres inteligentes que hay enganchadas a relaciones tóxicas, a tipos tóxicos.

Encontré entre mis amigas y conocidas más casos. Como Paula, ¿te acuerdas de ella? Mi amiga del instituto con la que compartí tantos veranos en la playa. Pues me he enterado de que la ha dejado su marido con un bebé de un año y ella sigue colgada de la brocha esperándolo mientras saca adelante como puede al pequeño Jorge.

O el caso de Mar, que estuvo seis meses liada con Juan, su profesor del máster, hasta que lo descubrió Ignacio y entonces dejó al profesor para conservar su matrimonio, pero al final no consiguió arreglarlo porque seguía enamorada del otro. Y ahora quiere volver con Juan, que tampoco deja a su mujer, con la que tiene un niño de cinco años.

O el de Silvia, la abogada que sigue pillada por su compañero Antonio, el fiscal, con el que tuvo una relación idílica hasta que ella despertó del sueño porque él había desaparecido. Demasiado compromiso lo de irse a vivir juntos, le dijo él. Todos esos casos me vinieron a la cabeza sin esforzarme demasiado.

Y traté de encontrar algún hombre en esta situación. Hombres brillantes colgados de mujeres que no están a la altura, hombres que paralizan sus vidas, sus carreras, esperando a que ella venga a buscarlos. Hombres que renuncian a estar con otras mujeres porque no pueden sacar de su cabeza el recuerdo de la anterior. Y comprobé que no había ninguno. Y también me di cuenta de que hay que aprender de ellos. Y de que algo estamos haciendo mal. Yo la primera.

*Aquella noche*
*estabas tan cerca que no te veía*
*tan lejos que ya no te volví a sentir así*
*Aquella noche*
*la última*

*Tú en clave de mi*
*Esclavos de dos*
*Enclave de sí*
*En fado,*
*perdí*
*Sola,*
*sin ti*
*Recaer sinfín*
*Y al fin rehacer*

#microcuento

## 29

Tengo un presentimiento. No soy yo mucho de supersticiones, pero he de reconocer que las señales me persiguen desde que era bien pequeña. Y algo me dice que hoy me vas a sorprender con algo importante. Al pensarlo y volverlo a llevar a mi mente, mi estómago se retuerce ligeramente, no sabría decir de modo exacto qué tipo de movimiento realiza. Quizá un ligero espasmo reflejo de mi ansiedad, una sacudida provocada por tu presencia en mis fantasías, o puede que simplemente se trate de que me pones del revés. Tú, y solo tú, consigues darme la vuelta.

Estamos tumbados en la cama. Yo te peino las cejas con la yema de los dedos con meticuloso cuidado. Primero la izquierda, siempre en sentido contrario a las agujas del reloj. Después la derecha. En este caso a favor del tiempo. Tiempo que se me escapa si no estoy a tu lado. Minutos que son de arena si no me tienes entre tus brazos.

—Me encanta cómo me miras —me dices. Y sonríes. Yo respondo con una mueca tímida, entre el rubor y la fortaleza de saberme deseada. Ese poder arrollador que solo los ojos delatan.

—Me gusta que me mires de cerca —te respondo finalmente.

—Me gusta que te guste, me gusta gustarte, pero me gustas todavía más tú —terminas la frase y me das un beso. Yo me río ampliamente. Tu juego de palabras me ha conquistado y te lo digo mientras te abrazo: «Te quiero, Manuel».

—Yo también te quiero, cariño. —Y pasas tu mano, enorme, firme y angulosa como tu cara, afilada como tu mandíbula, que ahora aprietas levemente. Te quedas en silencio unos segundos—. Qué putada, Candy. Qué putada.

—¿El qué? ¿Gustarte tanto? A mí no me parece tan mal —bromeo.

—No —sonríes a medias, giras suavemente el rostro y me dejas ver tu nariz de perfil que no desentona con tu mentón y comienzo a acariciarla con la punta del dedo índice.

—Me encanta estar contigo, Manuel. No sabría explicarte con palabras todo lo que siento —te susurro cálidamente.

—Por eso te digo que es una putada, Candela —contraes la mandíbula algo más y tu gesto ahora ya no es relajado.

—No creo que quererse así sea una putada —replico todavía con tono jocoso.

—Hay gente que no vive un amor así en toda su vida, ¿sabes? Tan intenso. Somos muy afortunados por haberlo vivido, pero el momento, Candela... El momento es una putada.

—Uno no elige los momentos. El amor te elige —argumento mientras intento esbozar una sonrisa que apenas puede dibujarse—. Nosotros no tenemos nada que ver. Nosotros solo nos hemos dejado llevar.

—Yo no contaba con esto, Candy. —Hace ya unos minutos que tu mirada descansa en algún lugar perdido de la pared.

—No contabas ¿con qué? —hago la pregunta y mi corazón recibe un ligero pellizco. En mi cabeza comienza a resonar con fuerza una frase que acabas de decir y que apenas unos segundos antes había pasado de puntillas. Mientras espero temerosa tu respuesta, en mi interior resuena atronadora tu sentencia: «Somos muy afortunados por haberlo vivido». Tu pretérito perfecto me devuelve a una realidad que me saca de golpe de la burbuja romántica en la que, solo un rato antes, me había instalado plácidamente. Tus palabras tan oportunamente elegidas me lanzan contra el suelo de cemento en el que se acaba de transformar la cama que nos acoge.

—No contaba con que te enamoraras, Candela.

Tu mirada continúa perdida en la pared. Dirijo mis ojos al lugar exacto al que estás mirando en busca de una pista, un detalle que pueda ayudarme a levantarme tras haberme dado de bruces contra esa inhóspita realidad. Solo consigo distraerme con los motivos abstractos que decoran el papel que forra las paredes de la habitación. Las siluetas comienzan a cobrar movimiento en una especie de baile a cámara lenta y mi pensamiento intenta sobreponerse y fingir que no es cierto lo que está ocurriendo.

—¡Yo tampoco lo esperaba! —Acaricio tu cara e intento sin fortuna que la gires para que me devuelvas la mirada de cerca que necesito en ese momento más que respirar. Mi esfuerzo baldío se topa con la rigidez de tu cuello, que sigue paralizado y anclado en esa maldita pared—. Es maravilloso que haya sucedido, Manuel. Es maravilloso enamorarse. —El nudo que de repente se ha instalado en mi garganta apenas deja salir ese segundo «maravilloso» de mi boca. Esa redundancia que busca con la insistencia de un niño convencerte de que no sigas el camino emprendido.

—Tampoco contaba con enamorarme yo, Candela... Ese no era el plan.

—¡Claro que no, Manuel! —apostillo, sin apenas dejarte terminar tu frase pausada—. Nada estaba planeado, pero ahora ya está hecho. Ya no hay marcha atrás.

—Sí hay marcha atrás, Candela —concluyes

mientras tu cuerpo se mueve ligeramente en un gesto de incomodidad.

—¿Qué se te ocurre?, ¿que nos tomemos una poción mágica que haga que se esfumen nuestros sentimientos? —mis preguntas atropelladas salen disparadas en tropel, como mis lágrimas, que, desatadas, ya no han podido contenerse por más tiempo.

—No te puedo hacer esto, ¿entiendes?

—No, no te entiendo, Manuel —mis palabras de enfado buscan algo de clemencia y se mezclan con un tono de desesperación que al fin consigue que te gires y me des la cara.

—Yo, ahora... Tú... ¡Joder! Candela, es una putada.

Tus ojos recorren todo mi rostro mientras tu boca es incapaz de dejar salir una frase coherente, completa y con sentido.

—Habla, Manuel, por favor —suplico con un hilo de voz y con la cara bañada en lágrimas.

—Tú tienes la edad perfecta, seguro que quieres formar una familia. Es lógico. No te digo lo contrario, pero yo... Yo no puedo hacerlo. Nuestros momentos no coinciden.

Mis ojos, que ya hacía rato que no habían podido aguantar el envite de tus palabras, se acristalan y quedan inmóviles mientras mi mente parece perdida, incapaz de digerir lo que está ocurriendo. Esas palabras previas tan cálidas anunciando tus *tequieros* y pregonando tu amor hacia mí y posteriormente tan hirientes, cortantes como sables afilados al lanzar aquel «no puedo».

—Yo no te estoy pidiendo nada, Manuel. No te he hablado de hijos. No he hecho planes.

—Pero los harás, fantasearás, lo pensarás. Es normal, y yo no puedo ser tu freno.

Y de nuevo tu rostro se vuelve contra la pared y evita que nuestros ojos se crucen.

—Deja de pensar por mí, por favor. Manuel, no soy una niña. Esto es una relación, somos dos personas. Ambos tenemos que decidir.

—Ojalá nos hubiéramos encontrado en otro momento, Candela —tus palabras suenan cada vez más a una reflexión en voz alta. Tu mirada vuelve a estar perdida—: Yo ahora no puedo embarcarme en una relación como la que tú buscas.

—¿Y qué busco, Manuel? Dímelo tú, que parece que lo tienes más claro que yo.

—Necesitas a alguien que se entregue a ti al cien por cien. Necesitas recibir lo que das. Eres tan generosa que asusta. —Y de nuevo llega tu silencio.

—¿Es por miedo, Manuel? Porque el miedo paraliza. El miedo es una mierda, te impide avanzar y hace que luego te arrepientas de cosas que no hiciste.

Y ese miedo que te reprocho es el mismo que me hace lanzarte mil preguntas en ese momento; es el temor a que estés rompiendo conmigo. El pánico a que se vaya todo al traste definitivamente.

—Con nadie he estado tan a gusto como contigo. El tiempo se para a tu lado, Candela. ¡Mira qué cosas digo! Joder, estoy tan confundido... Pero no puedo darte lo que necesitas. No puedo.

Aquel «no puedo» tuyo rotundo, seco y despiadado me abrió en canal y me arrancó el corazón, que se quedó tembloroso y solo en aquella fría cama de aquel cuarto de paredes asfixiantes.

Así fue como rompimos para siempre en aquella habitación de hotel. Ese fue mi presentimiento.

*Hay veces que recuerdo cuando*
*que te digo aquello*
*que imagino si*
*Hay veces que*
*Y hay ratos que no*
*pero son los menos*

#microcuento

# 30

Acabo de pasar por delante del centro comercial donde aquella vez me compraste las fresas. Sé que es ese porque está al lado de tu casa y porque aquel día miré la bolsa en la que las traías. Acabo de pasar por delante y me he acordado de ti, también hoy.

Me pasa muy a menudo. Siempre que veo un coche negro me giro. Inevitable. Ese coche en el que viajamos al norte y tú no separaste tu mano de la mía en todo el trayecto. Incluso cuando caí dormida tú seguiste acariciándome. Que lo sé, Manuel, que te sentía con los ojos cerrados. Ese coche cómplice de nuestras miradas pidiendo guerra y de las otras que piden clemencia. Miro desde hace años todos los coches negros que encuentro a mi paso y nunca eres tú.

Y las motos. Tu caballo, como te gustaba llamarla. Por algo eres un príncipe, o lo eras. Al principio, lo eras. Una moto poderosa, de gran cilindrada, pesada y, sin embargo, con plaza individual. Cuando te vi llegar aquel primer día a lomos de ella debí percatarme de que solo había hueco para uno. De que viajabas solo aunque hicieras paradas en el camino.

Como te decía, he pasado por la puerta del centro comercial de tu casa y he pensado en ti. Me he imaginado cómo habría sido la vida si finalmente hubiéramos optado por comprar fresas juntos.

Y parada en el semáforo he visto cruzar a una pareja de ancianos. Mayores pero juntos. Y he pensado cómo habría sido envejecer de la mano como iban ellos. Ella llevaba una muleta en el lado derecho, pero él no la soltaba de su brazo izquierdo. Y he hecho una foto de ese instante, de lo importante que es tener un sustento cuando las piernas empiezan a flaquear.

¿Y si envejezco sola? Nunca lo había pensado. ¿Y si finalmente tú no vuelves a mí, ni yo a ti, y la vida no pone a nadie a mi lado para que me dé la mano y me ayude a cruzar la calle? Y he sentido miedo. Por primera vez en todo este tiempo he sentido pánico a la soledad. No a ser independiente, no a estar sola, sino a la sensación de abandono. Y entonces el semáforo se ha puesto en verde.

La mayor sorpresa para el hombre es envejecer. Se lo escuché decir a Ben Kingsley, ese fascinador fascinante fascinado por ella, por Consuela. Nada en *Elegy* es casual, tampoco el nombre de la protagonista. Ese Gandhi reencarnado en hombre al borde del precipicio de la madurez que decía —con razón— que la vejez no está hecha para cobardes. Y que él se había pasado la vida de flor en flor porque de esa forma se hacía creer a sí mismo que no estaba solo y que el tiempo no pasaba. Pero el tiempo pasa y las mujeres bonitas también. Ya se lo decía un inmenso Dennis Hopper, su *Easy Rider* aliado de batallas, quien añadía además que las mujeres hermosas son invisibles. Nadie puede ver a la persona real. Estamos tan deslumbrados por el exterior que nunca conseguimos llegar al interior.

Y es que todo se marchita, la juventud y la belleza, incluso el amor si no se cuida. Y me he planteado cómo serás de mayor. Si estarás solo. Si tendrás hijos. Si habrás encontrado la horma de tu zapato, si te habrás casado una o varias veces, si serás fiel o andarás corriendo tras las faldas de alguna atractiva mujer. Si serás feliz, Manuel. Eso me he preguntado. Y no he sabido qué responderme.

## 31. JIMENA: BANGKOK Y LOS INEXISTENTES

—Me acabo de pintar las uñas de color azul ciruela. Mando prueba gráfica.

—Son preciosas, Jimena. No sabía que las ciruelas fueran azules.

—Son azules y preciosas, como mis uñas. Me han quedado divinas. Ni tú, Carrie Bradshaw, las llevas tan monas.

—Kaffkka.

—¿Kafka? Hombre, Tailandia me ha cambiado, pero tanto como para una metamorfosis no creo.

—Jajaja. Eso quise poner. Pero el puto corrector del teléfono escribe lo que quiere.

—Te agradezco las risas. ¿Te has fijado en que en España nos reímos con un contundente *jajaja* y los ingleses lo hacen en plan *hahaha*?

—Ellos siempre dando su toque diferente. Que si conduzco por la izquierda, que si el volante lo pongo al otro lado, que si soy muy *cool*.

—Que si el euro me lo paso por el canal de la Mancha, que si *Gibraltar is not Spain.*

—Por cierto, Jimena, a ver si cuando vuelvas este verano nos escapamos a Londres, que ya toca.

—Prefiero ir a NY. Tenemos pendiente ese viaje.

—Carrie y Miranda de compras por la Gran Manzana. ¡¡Oh, yeah!!

—Joder, Candela. Somos muy tontas. En el reparto de papeles de *Sexo en Nueva York* podríamos haber pillado alguna a Samantha. ¡¡¡Por lo menos follaríamos mucho!!!

—Cierto. Y te diré más: Carrie y Miranda son unas aficionadas.

—Unas torpes de la vida.

—Con lo fácil que es arruinarse el presente pensando en un futuro que no llega.

—Ellas nunca entenderán el amor.

—Son unas mediocres. El amor hay que sentirlo con intensidad.

—Ese es un coto privado reservado para algunas almas distinguidas.

—¿Qué es eso de recuperarse rápido de una relación?

—Solo mentes puras y privilegiadas como las nuestras pueden vivir instaladas en el drama.

—Hay que sufrir, llorar, reptar. Y más si la relación es una relación de mierda o, mejor todavía, inexistente.

—*Reptar por inexistentes* es un gran título para un relato.

—Da para una serie de televisión. Para una trilogía.

—*Reptando por inexistentes I, Reptando por inexistentes II, Reptando por inexistentes III.*

—Y la precuela: *El diario de la reptante.*

—En fin..., un amperio.

—Y las secuelas, Jimena, sobre todo las secuelas: *Shock postraumático por un tonto a las tres.*

—No te olvides de *El atardecer de los reptantes caídos.*

—Y para terminar: *La inexistencia supina.* Y, por último, *Sal de mi cabeza porque una cosa te voy a decir: ya cansas, inexistente.* Con esta cerraríamos la saga.

—Ay, Candela. Me cago en la cultura de masas y en su idea idiota del amor. Especialmente en la de masas de *pizza.*

*Cuando dijiste que ya*
*y yo te dije que nunca*
*Cuando olvidaste llamar*
*y yo maldije la culpa*
*Mentira hasta la verdad*
*Mentira la tuya*

#microcuento

## 32

Lo malo de mentir es que uno se acostumbra a la mentira, a sus propias mentiras y les va quitando importancia. Es lógico, es un mecanismo de defensa. Mentir no está bien; «Mentir caca», nos decían de pequeños. Así que cuando uno se va adentrando en el serpenteante mundo de la ocultación de la verdad, necesariamente tiene que aparecer la autoindulgencia, esa que hace que tu conciencia se quede más aliviada. No recuerdo quién escribió que si dices la verdad no tendrás que acordarte de nada. Yo añadiría que, además, dormirás más tranquilo. Pero eso lo pienso yo.

Los mentirosos, las personas que son capaces de fingir a diario, se acostumbran de tal forma a esa pantomima que la hacen suya. Se convierte en su forma de vida. Y ya cuesta diferenciar cuándo dicen la verdad o cuándo te la están metiendo doblada. Es como distinguir un original de una copia. Cuesta más cuanta mayor experiencia tenga el falsificador.

Y tú, Manuel, eres el rey del disimulo. Un farsante acostumbrado a que le lleven la corriente y le den la razón. Pero ¿sabes por qué? Porque todo el mundo da por hecho que dices lo que los otros quieren escuchar. Siempre atento, simpático, educado, siempre quedando bien. Llevas tanto tiempo en tu papel que te lo has creído. Te convenciste de quién querías ser y ahora ya no te sale el disfraz. Y probablemente no quieras quitártelo porque no se está tan mal ahí dentro, acomodado en tu armadura, aunque haga un tiempo ya que te queda pequeño el traje.

Recuerdo perfectamente el día que perdí la confianza en ti. Fue dos días después de nuestra ruptura definitiva, aquella noche de hotel y aquella mirada en el aeropuerto diciéndonos adiós. Yo entonces ni siquiera sabía que sería la definitiva. Había habido tantos intentos que este podría haber sido uno más. Pero no lo fue.

No tendríamos por qué haber vuelto a coincidir, pero me tuve que pasar por la oficina a recoger mi equipo. Lo había dejado allí el viernes, justo antes de que saliéramos de viaje: nuestro fin de semana juntos. Ese en el que te haría mi propuesta.

El lunes no había podido acercarme —demasiadas lágrimas como para acordarme de mi cámara—, así que me pasé el martes por la mañana. Abrí mi taquilla y vi que estaba el libro que te había comprado hacía unos días.

Aquel libro que había ido con urgencia a buscar porque sentía que lo tenías que tener. Aquel libro con aquella dedicatoria mía. Aquel libro que estoy casi segura de que, a día de hoy, sigues sin haberte leído. Es más, no creo que recuerdes de qué libro te hablo.

Me puse la cámara al hombro, recogí el libro y al girarme me crucé contigo. No te esperaba, pensé que estabas en París. ¡Tenías que haber estado en París! ¿Qué hacías allí? Comprobé que tú tampoco esperabas verme allí. Lógico, ya había terminado mi trabajo con la agencia y no tenía que volver hasta nuevo aviso.

Casi sin pensarlo te di el libro. Llevabas un folio doblado, un trozo de libreta con una anotación a mano. Es lo que alcancé a ver en ese momento. Nos paramos, me preguntaste qué tal estaba con la esperanza de que yo respondiera un «bien», sin entrar en detalles. Y así hice.

Pasó junto a nosotros Luis, el mago del Photoshop, y te comentó algo. No me acuerdo de qué hablasteis. Solo sé que dejaste la nota un momento para ver tu móvil y se abrió; tú la recogiste disimuladamente y te la guardaste en el bolsillo. Cuando se fue Luis, te pregunté qué era ese papel y me respondiste que era una tontería que te acababan de dar. Por algún motivo forcé la situación, no sé muy bien por qué, y te pregunté quién te la había dado y qué decía la nota. Te sentiste acorralado, lo sé.

Podías haber optado por la verdad, pero preferiste decirme que era algo que estabas escribiéndome. Sé que no tiene importancia, que no es grave, que no es una gran traición. Era simplemente una escapatoria fácil ante esa encerrona incómoda. Pero me dijiste lo que pensabas que yo quería escuchar. Lo que tanto tiempo había esperado. «Te estoy escribiendo una nota.»

Me miraste y, con esa cara que tanto conozco, esa mirada tuya de encantador de serpientes, me espetaste: «Si supieras la de veces que he empezado a escribirte algo y me he quedado a medias». Y quizá sea cierto, no lo sé, pero ya no me importaba. Lo único importante era que me estabas mintiendo en la cara porque esa nota no era tuya, porque pude leerla de refilón y no era tu letra. Porque, Manuel, no soy tan tonta como crees, como creías. Porque la gente no es idiota, la gente se da cuenta de las cosas, pero disimula o simplemente pasa del tema porque no le importa.

Pero esta tontería de la nota a mí me importó mucho. Y te lo hice saber. «¿Por qué me mientes?», te pregunté con la esperanza de que recapacitaras. Pero tú te reafirmaste y me dijiste que era una cosa que tenías a medio escribir. «Enséñamela», te rogué, y alargué el brazo. Pegaste un respingo y salió ese Manuel que tienes guardado bajo el disfraz y que solo aparece en días contados. «Que te he dicho que no, Candela», y zanjaste la cuestión. No sé qué cara te pondría, pero concluiste: «No soy de fiar, Candela». Y te marchaste.

Y yo me quedé rumiando esa frase. «No es de fiar», me repetía una y otra vez. «Me he enamorado de alguien que no es de fiar.» Y esa nota fue el principio del fin de mi confianza en ti. Porque esa nota era de otra mujer.

# 33. MALENA: HELENA DE TROYA

Conozco a Candela desde que éramos niñas y nunca la había visto así. Descontrolada, ausente, distinta. Que sea consciente del error y que, aun así, siga cometiéndolo es lo que peor llevo. No he conocido a otra persona más conocedora del mal que se está haciendo y tan incapaz de atajar por lo sano. Al principio pensaba que la adrenalina de la pasión estaba llevando a Candela por un camino tan atractivo como cegador. Luego empecé a convencerme de que de verdad se había enamorado y ahí estábamos un poco más jodidos. Le habían tocado la tecla exacta. Peligro.

Son demasiados los pasajes angustiosos que he vivido a su lado. Viéndola una y otra vez tropezar con la misma piedra, y caer siempre en los mismos errores de autocompasión y victimismo.

«No puedo más.» Esa frase dominó tantas de nuestras conversaciones. Muchas veces era el punto de partida y casi siempre venía acompañada de dos grandes lágrimas aisladas. El proceso era como un ritual, siempre se repetía. Sus ojos se encharcaban en silencio, pero diciendo a gritos que aquello era insostenible, que el poder de contención había tocado a su fin y que la presa abriría sus compuertas en breve. Y así sucedía.

Aquellas dos lágrimas solitarias daban paso a una cascada. Y en ese reguero caía también parte de la rabia y la impotencia que la sumían en esa pena, pero no lo suficiente para cortar aquel grifo de manera definitiva. Cuando al fin recuperaba la voz llegaba su «esto me está destrozando», y la lluvia incesante volvía a calar su rostro con fuerza, por si no me había dado cuenta ya a esas alturas de su desasosiego. «Si es que es lo mismo de siempre», me repetía, y yo solo podía pensar que, si era lo mismo de siempre, ¿por qué no intentaba evitarlo? «Haz que no pase, Candela», le pedía en silencio.

«Lo sé.» Como un niño que entiende su reprimenda, que sabe que no se ha portado bien. Ella solita llegaba a esa afirmación después de haberme contado el último capítulo de aquella historia envenenada. Resultaba demoledor verla narrar la pena que le causaba ese amor no correspondido siendo consciente de que no había actuado como su cabeza le indicaba.

Durante mucho tiempo, Candela fue una experta en dejarse llevar por impulsos inadecuados y, a la larga, dolorosos. «Yo sé que no tendría que haber mandado ese mensaje, yo sé que no debería haberlo llamado, yo sé que esa conversación no venía a cuento.»

«Yo sé, pero yo sigo», pensaba yo. Eso es lo que en realidad me decía Candela aun sin palabras. Y yo, Malena, María Helena, Helena de Troya —como a ella le gusta llamarme—, tenía que contemplar cómo se estaba consumiendo por aquel sinsentido.

Entre líneas, lo que se leía en realidad es: «Yo sé que es egoísta, que se está aprovechando de la situación y que seguirá así hasta que lo pare; yo sé que este amor me está machacando, pero aquí sigo emperrada en este cuento de hadas». Pero eso Candela no me lo decía.

Ella no llegaba a comprenderlo, pero todo aquello me recordaba demasiado a lo que yo había vivido con el padre de mi hijo. Carlos, el mayor error de mi vida. Y, aunque siempre tratábamos de terminar nuestras charlas y confesiones con humor y una sonrisa, la historia de Candela me hacía recordar todo aquel dolor que tanto tiempo tardé en digerir.

De aquella historia nació Hugo y eso siempre tendré que agradecérselo a Carlos. Eso, y poco más. Nada más. Candela vivió mi sufrimiento de cerca, pero ajena a él porque nunca había sentido un dolor parecido. Después de Manuel estoy convencida de que lo comprendió en toda su dimensión.

No sé cómo no lo mandó todo a la mierda en algún momento. Supongo que porque es más fuerte de lo que ella misma cree. Es una pena que el amor haya sido el causante de ese descubrimiento, con lo maravilloso que es, con la felicidad que te aporta. Muchas veces me sentí culpable por considerarme tan afortunada al lado de Álvaro.

Porque a mí también me llegó una segunda oportunidad para resarcirme de todo lo anterior. Al fin dieron mimos a mi castigado corazón. Encontré a Álvaro, un amor de pareja para mí y un amor de padre para Hugo. Me di cuenta entonces de que un padre es quien está siempre, no solo en un momento.

Carlos me acompañó antes de que existiera «mi primera H», pero después no estuvo a la altura. Cuando llegó Álvaro, asumió ese reto y me dio la oportunidad de ser madre de nuevo en un entorno de cariño hasta entonces desconocido para mí. Y no fue fácil. Todo el tiempo que tardé en recuperarme de Carlos, en darme cuenta de que sería una madre soltera —a pesar de su presencia en la distancia—, todo ese tiempo que tardé en dejar de quererlo fueron años tirados a la basura. Y cuando quise tener otro hijo mi cuerpo no respondió como yo esperaba.

Tuve que someterme a un tratamiento de fertilidad. Afortunadamente, después de dos ciclos de hormonas y de un aborto espontáneo, llegó Héctor —«mi segunda H»—. Y con las dos haches construí una escalera perfecta. Héctor, mi príncipe guerrero, luchador infatigable pero noble, llegó para dar protección a su hermano mayor, que había sufrido más en aquella batalla.

Durante algún tiempo me aterró que Candela se perdiera mi embarazo, se perdiera a mi segundo hijo. Me aterraba que se perdiera ella misma y que yo no pudiera ayudarla a encontrarse.

*Me acuerdo mucho de aquellos días,*
*de cuando la vida era otra cosa*

#microcuento

## 34

El hombre de mi vida es Jota. Mi primo es un regalo, el mejor referente masculino que la vida me ha podido colocar delante. Con él pasé tardes enteras tirando piedras a los charcos, nos colábamos en el cine de verano sin pagar, hacíamos expediciones peligrosísimas a cinco minutos de casa de la abuela. Jota me cuidaba, me protegía y me entendía. ¿Se puede pedir más?

Fue con el primer hombre con quien me bañé desnuda en el mar y, a aquello, tampoco le dimos tanta importancia. Éramos tan pequeños y tan libres. Me contaba sus aventuras en el colegio, sus peleas con los compañeros, las niñas que le gustaban. Compartíamos el helado de crema de los viernes, el resto de los días nos teníamos que conformar con el polo de hielo. Bajábamos a jugar al parque cada tarde y nos escondíamos juntos detrás de los arbustos. Si descubrían a uno, el otro no salía del escondite hasta que su aliado le hacía una señal. Y así, entre juegos y complicidades, fuimos ganándole años a la vida.

La adolescencia nos distanció durante esos años en los que las hormonas son las que mandan. Hacen y deshacen a su antojo y, la verdad, no demuestran ser muy listas. Hablo de esa temporada de granos en la cara y risas flojas, de que todo te da vergüenza y a la vez te crees el rey del mundo. De complejos, inseguridades y rabietas con tus padres. De los primeros besos con lengua. Él con sus amigotes hablando de hacerse pajas y yo con mis amiguitas explicándonos cómo se pone un tampón. La nariz de Jota creciendo al mismo ritmo desorbitado que lo hacían mis pechos. Muchos cambios por dentro y por fuera.

Después de la edad del pavo, de la tontería mayúscula, en la que a uno le cuesta encontrarse incluso a sí mismo, nosotros nos reencontramos. La universidad unió de nuevo nuestros caminos. Los apuntes, los viajes a la facultad en autobús, las fiestas de los jueves. Y de los viernes. Y las de los sábados. Todo eso une mucho. El alcohol de los fines de semana y la bollería industrial de los almuerzos diarios. Nuestros lazos ya eran inseparables. Éramos Bonny and Clyde. O Bony y el Tigretón. O Bony y la Pantera Rosa. Éramos lo que nosotros queríamos ser, una pareja inseparable.

Jota, mi confidente. A él le conté la desastrosa experiencia en el coche con Quique. Su torpeza, mi nerviosismo y el desenlace fatal en el asiento del copiloto. Hacer el amor en un Ford Fiesta requiere de ciertas habilidades que nosotros aquel día no logramos encontrar. Nos reímos tanto del pobre, de su inexperiencia. Porque Jota nunca me ha hecho sentir culpable por nada. Es su don. Te escucha, te dice lo que piensa, pero su lectura siempre es positiva. La culpa fue de Quique, que no se lo supo montar. Cuestión zanjada.

Recuerdo el día que fuimos a su casa a ver una película que le encantaba y que quería que viéramos juntos. Él me descubrió a Jean Reno y a una Natalie Portman tan infantil como sobresaliente. A partir de entonces pasé a llamarle León.

Él era el rey de mi selva. A veces, cuando quería hacerle rabiar, lo llamaba Simba y otras optaba por el auténtico León, el profesional. Eso ocurría cada vez que triunfaba con una chica. En mi llamada del día siguiente siempre le lanzaba la misma pregunta: «¿Fuiste Simba o el profesional?». Él se reía. Siempre ha sido muy agradecido con mis comentarios aunque a veces no fuesen tan ocurrentes. «Yo siempre soy un profesional, cariño», me decía con un tono perdonavidas que no se creía ni él. Y entonces volvíamos a reírnos a carcajadas.

León es fuerte, pero tierno. Es práctico, pero sensible. Es reservado, pero te escucha. Por eso me apoyé tanto en él cuando tú, Manuel, me dejaste cerrada por derribo. Vino a verme una mañana de sábado, estaba descompuesta, había pasado toda la noche llorando. Cuando entró en casa y me vio los ojos hinchados, le cambió el gesto, pero no dijo nada. Solo me abrazó.

Cogí su mano y la puse en mi pecho y le dije: «¿Sabes qué es esto? Es mi corazón y está roto. ¿Puedes sentirlo?».

León apenas consiguió esbozar una sonrisa. Sabía perfectamente que le intentaba hacer un guiño cómplice. Esa otra película, *Grandes esperanzas,* también la habíamos visto juntos. En aquella escena nos habíamos mirado y nos dijimos que siempre estaríamos ahí para abrazarnos si alguien nos rompía el corazón.

Y allí estaba mi León, lamiéndome las heridas y dándome el consuelo prometido. Me lanzó otra frase de nuestro arsenal cinéfilo para momentos especiales. «Voy a hacerte una propuesta que no podrás rechazar», me dijo con esa sonrisa que deja claro el tipo de persona que es. Porque con León no hay dudas, Manuel. Le creo y me quiere. Le quiero y me cree.

Me llevó a comer a un restaurante cerca de casa, acogedor y tranquilo, donde pudimos charlar un buen rato. Dejó a María con el pequeño Sam en casa y se vino a pastorearme un rato, como nos gustaba bromear.

Mientras le contaba lo que había sucedido la noche anterior, interrumpió mi llanto, me miró, se limpió la boca tranquilamente con la servilleta, bebió un sorbo de cerveza y me dijo: «El amor no es eso, Candela. Una relación te tiene que hacer feliz. Lo que tú tienes con Manuel es un tormento. Pasa de él».

Volvió a coger los cubiertos y siguió comiendo. A León no le importaban los detalles, si me habías dicho o si no, si me habías llevado flores o me habías mandado dos mensajes en lugar de cinco. León, como buen profesional, se quedaba con la esencia. «Este tío no te quiere. No quiere tener una relación contigo. Te quiere a ratos, a su manera. Te lo ha dicho, Candela. Pasa de él.»

Ese «pasa de él» de León parecía fácil de llevar a cabo, pero no lo era. No lo fue, como le demostré durante tanto tiempo. Muchos días en los que él me siguió escuchando y apoyando.

La mejor lección de amor me la dio él mismo. León al lado de su Nala. «Mírame a mí —me decía—. Cuando te enamoras, apuestas por ello. Yo lo hice con María y funcionó. Te apoyé cuando decidiste llegar hasta el final con Manuel, ponerle las cartas sobre la mesa y proponerle que os fuerais a vivir juntos. Él te dijo que no, Candela. No hay más que hablar. Ya está todo dicho.»

*Tengo un presentimiento*
*Mañana será un sentimiento*
*Y pasado mañana un recuerdo*

#microcuento

# 35

Ahora entiendo por qué antes no lo entendía.

Paraste en seco, me miraste a los ojos y me dijiste: «Quédate con este momento». Estaba cabalgando sobre ti. Te sentía tan adentro que apenas había comenzado a moverme. Quería disfrutar de cada sensación, de cada gesto. Tu entrada había sido suave, tan esperada como el rayo de sol que aparta la nube plomiza y abre el cielo de repente. Y ya no es gris. Y ves la luz.

Estaba acalorada, apenas recuperándome de todo lo que acababa de recibir cuando todavía estaba fuera de ti. Tus manos, cómplices de tu boca, me habían hecho olvidarme de todo. «Quédate con este momento», dijiste fijando tu vista en mí. Con esa mirada aguamarina, tan clara que podía escuchar el oleaje desde allí mismo.

Lo intenté. Juro que lo intenté, Manuel. Mil veces. Ampararme en tu mirada de cerca cuando me invadía la soledad fría de mi habitación. Recordar aquellos días en los que no podías esperar al final de la cena y tenías que acercarte y venir a besarme. Yo todavía sentada, tú en pie, abriendo mi boca con la ayuda de tus labios, y tu lengua enjugando el vino que no me había dado tiempo de tragar. Y tus dientes mordiendo suavemente y pidiendo más. Siempre más.

Prometo que intenté utilizar como bálsamo tus manos buscando lugares escondidos para el resto, para los demás que no nos importaban. Reconocer mi risa al hablarte, tu sonrisa al contemplarme y tus ojos al besarme. Busqué y volví a buscar el apoyo de tu mirada de cerca haciendo de tirita sobre una herida que durante tanto tiempo no dejaría de sangrar.

Lo intenté. Lo intenté con todas mis fuerzas, pero yo no valgo para conformarme con lo efímero cuando podemos disponer de la eternidad. Aunque a veces la eternidad sea un instante. Ese momento ha de ser vivido como si fuera el último, pero sabiendo que no lo es. Porque si cada beso sabe a despedida, el adiós se convierte en protagonista.

Yo te quería recordar en presente, en movimiento, en alta definición. En tu caso no me valía una sola imagen del instante. No era suficiente, así que hice —una tras otra— fotografías de todos los momentos que vivimos juntos. Todos. Departamentos estancos que gracias a mi moviola conseguía que cobraran movimiento. Y vida. Como esas películas antiguas en las que el color sepia te traslada a otra época, a un tiempo mejor, aunque no lo sea. Y solo despertaba cuando los defectos del celuloide que quedaban patentes con fisuras en la película me devolvían a una realidad imperfecta que a mí no me interesaba recordar. Prefería quedarme con los *flashes* felices y cegadores, con la textura de ese Cinexín que tantos momentos inolvidables nos regaló.

«Quédate con este momento», me habías dicho, pero yo no supe leer entre líneas ni entender lo que me decías. Creía en ti con una fe renovada y poderosa, me quedaba con lo bueno y me cegaba lo malo hasta el punto de que dejaba de verlo. Por eso no entendí que cuando me decías que tú no podías querer así, de ese modo, era cierto. Cuando te preguntabas sorprendido y tú mismo te respondías a la pregunta retórica de cómo podía entregarme tanto, eran verdad tu sorpresa e incredulidad. Cuando me decías que eras joven para pensar en hijos aunque yo fuera la mujer ideal con quien tenerlos, era cierto que no te planteabas formar una familia conmigo. Cuando me confesabas que me querías y que disfrutabas de mi cuerpo como nunca antes lo habías sentido con nadie, era verdad..., pero eso no significaba que te fueras a quedar conmigo.

No supe entender todo eso, a pesar de que lo hablamos. No supe o no quise. O no pude verlo. No podía.

Cuando te rompen el corazón
la garganta se acristala
los pulmones pequeños
sin aliento
las rodillas al suelo
los pies, descalzos, delatan
y escapan
pero quedan presos

Cuando te rompen el corazón
no hay palabra,
ni consuelo
no hay techo que te refugie
ni abrazo que sustituye
no hay tiempo de más
solo días de menos

Cuando te rompen el corazón
dejamos de ser
eternos

*Me llenaste la cabeza de recuerdos que nunca*
*llegaremos a vivir juntos*

*Y así, mirando atrás y frente al espejo*
*me di cuenta de que «hoy» es «yo»*
*Y la «h» que sobra hizo de silla para esperarme.*

#microcuento

# 36

«Yo tenía una granja en África.» Una frase sencilla, directa, aparentemente sin dobleces y sin más implicación que aquello a lo que se refiere. Y no. No es solo una frase. Es nuestra frase. El comienzo de unas memorias, de una historia inolvidable, de un amor épico, de momentos maravillosos y de un final no feliz.

Ay, mi querida Karen Blixen consiguió que me sumergiera en la historia hasta hacerla mía, nuestra. Porque yo, sin haber estado nunca en Kenia, he vivido algunos días allí contigo, Manuel. Y me has llevado a cenar bajo el cielo estrellado africano y me has lavado el pelo con tus manos. Y hemos brindado por la cándida adolescencia. Y, sin tú saberlo, nosotros fuimos felices en África.

Porque los viejos sueños eran buenos. No se realizaron, pero me alegro de haberlos tenido. Y ahora ya no hablo de *Out of Africa* —ironías de la vida, me enteré muy tarde de que el título original nada tenía que ver con aquellas «memorias», sino con lanzarte fuera *(out)* de aquel sueño—. Y quizá tú fuiste más inteligente que yo, Manuel, más frío, más cabal, más realista. Quizá pensaste lo que pensó Robert, eso que le dijo a Francesca: «No quiero necesitarte porque no puedo tenerte». Y él sí que pudo, como tú, concentrar toda su vida entre hoy y el viernes. Pero yo no.

Y, aun así, crucé ese Puente de Madison también. Porque pensé, Manuel, que esta clase de certeza se presenta una vez en la vida. Y sentí que estaba llena de amor por todo aquello que te pertenecía, llena de celos por todo lo que te rozaba y me quitaba un trocito de ti. Y tú seguías aquí, entregándome la vida en cada suspiro, suplicando por mis besos sin saber que ni siquiera tenías que pedirlo. Porque eran tuyos. Yo ya no era mía, sino tuya.

Llegados a este punto, esto solo lo podía arreglar Tarantino. Entrando sin avisar, dando una patada en la puerta de nuestra historia, liándose a tiros y dinamitándolo todo. Y así fue. Saltó todo por los aires a lo *Kill Bill.* Y yo ya sabía lo que te pasaría a ti al dispararte. Lo que no sabía era qué me sucedería a mí. Y pasó que me puse triste. Y de esta forma aprendí que hay cosas que luego ya no pueden arreglarse.

La culpa es de mi cabeza y no de mi corazón. Es mi memoria de *Memento* la que nunca se acuerda de olvidarte. Y quizá no sea tan extraño. En el fondo todos queremos que nos encuentren, y yo te había encontrado. Y eso es lo complicado. Lo difícil es dejarlo pasar cuando al fin lo encuentras. Y entonces me perdí, *Lost in translation.* Me sentí en un universo desconocido. Donde todo el mundo me hablaba sin parar, me gritaba, y yo no entendía nada. Porque yo solo te entendía a ti. Solo quería escucharte a ti.

Tuve que contar cien veces hasta diez para recomponerme y no romperme en mil pedazos. Y ahora puedo decirte que tomé la decisión correcta. Y, sin embargo, no pasa un día sin que me arrepienta de no haber tomado una opción diferente. Porque siete son los pecados capitales y contigo los viví todos. Y me hiciste sentir tan viva que al final caí muerta, rendida.

Y, aun así, seguí caminando. Y esperando. Aspiraba a que volvieras para decirme que me querías, que te hago querer ser un hombre mejor. *Mejor imposible.* Y, como no volvías, yo seguí preguntando. Porque no existen preguntas sin respuesta, solo preguntas mal formuladas. Y yo quería que entraras en mi universo *Matrix,* porque allí, conmigo, conectados, estarías bien.

Y, aunque la vida no es más que un interminable ensayo de una obra que jamás se va a estrenar, un día cogí mi gnomo, bajé el telón y me fui.

Pero no quiero que olvides nunca aquel día que me planté en tu librería azul para decirte con lágrimas en los ojos que tan solo soy una chica delante de un chico pidiéndole que la quiera.

Y ahora, después de tanto tiempo, tumbada en mi jardín, aunque mis ojos ya no puedan ver ese puro destello que me deslumbraba, aunque ya no pueda devolver la hora del *Esplendor en la hierba,* de la gloria en las flores, no hay que afligirse. Porque la belleza siempre subsiste en el recuerdo...

Porque siempre nos quedará París, Manuel.

O San Petersburgo.

*He soñado contigo*
*Eso vengo a decirte*
*tan breve*
*tan profundamente íntimo*
*Tú dentro de mí*
*mientras yo hacía que dormía*

#microcuento

## 37

Anoche soñé contigo. Estábamos en tu casa como aquel día de finales de septiembre que me invitaste a cenar. Tú ya habías estado en la mía, nos habíamos encontrado en otra ocasión en territorio neutral para ver una película y tomar algo después, pero nunca había ido a tu barrio, ni siquiera era una zona de paso para mí. Aquel día tú jugabas en casa.

Me gustabas mucho. «¿Qué hago yo quedando con este jovencito? ¡Pero si es un polluelo!», les había comentado a Berta y Malena antes de acudir a tu llamada. «El chico es mono y muestra interés, disfruta, Candela.» Esa fue la respuesta unánime de mis amigas. Y eso hice.

Llamé al telefonillo y apareció tu voz y con ella un «sí» que más que preguntar se lanzaba asertivo a recorrer tu calle desierta. Todavía me ruborizaba al escucharte, incluso a través de un interfono.

—Soy Candela —respondí tímidamente.

—Mire al objetivo y sonría, señorita. Imposible desactivar el cierre si no me enseña la dentadura —al escucharte se desató una carcajada en mi interior que controlé como pude para disimular mi actitud de adolescente desbocada. Miré a la pantallita y sonreí.

—Contraseña correcta, pase —y con esas palabras me adentré en tu guarida.

En el ascensor me volví a repasar el brillo de labios, me pellizqué las mejillas y me miré de perfil. «Le gusto», pensé. Me giré de nuevo ante el espejo y me dije en voz alta: «¡Le gustas, Candela!». Se abrieron las puertas, me di la vuelta y busqué tu puerta. Sexta planta, número 6, que sumados nos darían nuestro 12.

El corazón bombeaba a un ritmo acelerado. Descontrolado, presuroso, impaciente, emocionado. Y yo, como una espectadora de lujo, ajena a su control. Llamé al timbre y abriste la puerta con una rasera en ristre.

—Habrá venido armada, princesa, porque este caballero dispone de una espada infalible —bramaste lanzando la pala metálica al aire y simulando un movimiento que ya hubiera querido para sí un espadachín. Sin pensarlo, saqué una barra de pan con semillas y cereales que acababa de comprar y que todavía estaba caliente y comenzamos una lucha tan absurda como inolvidable.

Finalmente entregamos las armas y me invitaste a pasar. Me besaste en la nuca porque ibas detrás de mí. Y en la boca después porque te apresuraste a adelantarme.

—Te estoy preparando una ensalada templada de rúcula, queso parmesano, jamoncito del bueno y almendras fritas. Espero que te guste, y si no, le pones vinagre de Módena y arreglado —me guiñaste un ojo y me plantaste un beso en la nariz.

«Joder, cómo me gusta este hombre», pensé. Y así comenzó una conversación mental en paralelo que nada tenía que ver con la que de verdad se produjo.

—Pasa, que te enseño mi castillo —dijiste amablemente mientras abrías la puerta del salón—. Aquí es donde paso mis horas muertas —me explicaste.

—Cuántas ventanas, me encanta —exclamé sorprendida.

El comedor era rectangular con un sofá al fondo apoyado en la pared y una mesa alta con cuatro sillas a la entrada. En una esquina tenías unos mullidos cojines tirados en el suelo alrededor de una cachimba.

—Es mi rincón de pensar —dijiste mientras ponías los ojos en blanco y tus manos buscaban algo parecido a una posición zen.

«¿Fuma porros? A ver si va a estar todo el día en la parra y no me va a gustar.» Eso pensé mientras sonreía a tu ocurrencia.

—¿Y eso? —pregunté señalando el artilugio.

—Ah, me la regaló un amigo marroquí. No me gusta fumar, pero en reuniones con amigos el chisme da su juego —dijiste mientras se te caía una mirada a mi escote.

«Coño, me encantan sus tetas y ahora no dejan de mirarme y voy a tener que meter la mano y saludarlas.»

Colgadas en la pared de la izquierda, tenías varias estanterías con libros y fotos. Miré uno a uno los marcos —deformación profesional— y te fui preguntando por cada una de las instantáneas.

—Aquí estoy con mis padres y mis hermanas mayores. Aquí con mis sobrinos, en un viaje a Kenia; esta en Nueva York; y aquí otras que rescaté de algunos reportajes chulos que me han hecho.

«¡Joder, qué guapo es, por Dios! Eso no vale. Esto es un abuso de poder.»

—Son preciosas y tú sales muy bien —te dije sin saber muy bien cómo había podido contener mi impulso de piropearte hasta el infinito.

«No puedo más. Me encantan sus tetas, ya está. Hay que admitirlo. Y tú, eh, tú, la de ahí abajo, compórtate, que no podemos causar tan mala impresión. Empalmado nada más verla, joder. Así no hay manera.»

—Gracias. Tú sí que eres guapa —replicaste, y noté como te acercabas, pero esta vez me rozaste con tu lengua, que ya no pudo aguantar más tiempo dentro de su cueva hambrienta. Sentí la caricia húmeda y lenta en mis labios y te llevaste contigo todo el brillo que acababa de ponerme—. Qué bien sabes. —Y volviste a pasar tu lengua por mi boca entera, por dentro y por fuera.

«Tengo que desnudarla ya. No aguanto. Quiero follarla aquí mismo, en el suelo, en el sofá, en la mesa. Donde ella quiera. Quiero sentirla y meterme dentro, joder.»

—Tenía muchas ganas de volver a verte. Me encanta cómo besas. Me enciendes, Candela. Ahora entiendo por qué te llamas así.

Bajé la mano hasta que me topé con tu cinturón y noté tu alegría desmedida al encontrarme.

—Uh, ¿qué está pasando aquí, mosquetero? Deme vino para la batalla.

«Debería ser ilegal estar tan..., así..., tan bien, tan apetecible, joder. Así no hay manera de mantenerse cuerda. No sé lo que digo. Va a pensar que soy idiota y no le va a faltar razón.»

Abriste la botella que cuidadosamente había seleccionado para aquella noche y nos tomamos un sorbo tan largo que delató la sed desmedida que ambos teníamos y que de alguna manera necesitábamos saciar.

—Ven, que te enseño mi cuarto —balbuceaste mientras me señalabas el camino—. Es la puerta de la izquierda, la segunda, después de la cocina.

«Ella, que entre en mi habitación, pero yo no estoy seguro de que la vaya a dejar salir de allí. En cuanto abra la puerta la tumbo en la cama y la desnudo. No quiero cenar, quiero comérmela a ella. ¡Y la quiero ya!»

Abrí la puerta y vi tu rincón secreto. Una cama infinita, casi a ras de suelo, una tele planísima colgada en la pared frente al cabecero y un espejo enorme en un lateral. Y a la entrada, un violín.

«¿Pero qué coño es esto? ¿Sabe tocar el violín? Y una mierda, no puede ser. No es perfecto. No lo es. No puede hacerme esto. Tiene libros en el salón y le gusta la fotografía. Eso no se hace. Seguro que fuma porros, pero muchos, y no me lo ha querido decir. No, peor aún, se droga. Claro, no fuma porros porque es cocainómano. O quizá sea anoréxico, en el mundo de la moda dicen que cada vez hay más hombres con este trastorno. O vigoréxico. Está tan fuerte porque solo come proteínas, huevos crudos o lo que sea que comen esos tipos tan fibrosos. Algo tiene que tener. Un defectito aunque sea pequeño, por Dios, ten clemencia, un defecto te pido.»

—¿Tocas el violín? —me atreví a preguntarte finalmente.

—Sí, a mis padres les gusta mucho la música y el violín es lo más fácil para practicar. Traerme el piano hubiera sido más complicado.

Mi cabeza hacía rato que no respondía a estímulos. A más estímulos que los tuyos, quiero decir. Así que apuré el resto del vino que me quedaba en la copa. Y tú hiciste lo mismo. Y ambos volvimos a vaciarlas. Esta vez tú fuiste más rápido, así que cogí la mía, te senté en la cama y te di de beber. De mi copa primero, de mi boca después. Sorbía tragos pequeños que iba trasvasando a tus labios, que los recibían cada vez con mayor excitación.

«Asumámoslo, me gusta mucho. No, no me gusta, ¡me encanta! Me excita y me pone a cien. ¡A mil! Asumámoslo y disfrutemos.»

Llevaba una falda corta negra con una blusa semitransparente que, tras nuestros juegos, ya asomaba por encima. Metiste los brazos por dentro y la sacaste en un solo movimiento, dejándola del revés. La tiraste al suelo y pusiste tus manos sobre mis pechos.

«Ahora sí que voy a tenerte, ahora sí, Candela. Lo que me pidas te daré.»

Y al fin nuestros pensamientos fueron acordes a nuestros gestos.

—Ven que te coma —dijiste con una voz tan ruda y masculina que me provocó un escalofrío de placer. Bajaste hasta mis caderas y te adentraste en aquella parada de metro. Y así empezó el principio del fin de mi primera cita en tu casa. Una cita que se alargó varias horas.

He soñado contigo. Con tu piso, con tu habitación y tu violín. En mi sueño, como aquella primera vez en tu casa, la cena fue lo de menos.

*Soñaba*
*que me dirías lo que imaginé*
*que recordarías lo que inventé*
*que volverías*
*Eso soñaba*
*que me querías*
*Soñaba*
*y desperté*

#microcuento

## 38

Y después de tanto imaginarte, Manuel, de tanto soñarte, ya solo me queda quedarme.

Me queda inundarme
Beberme todos los besos que guardo,
bañarte en mi mar,
tumbarme en tu arena,
sumergirme contigo me queda

Me queda saborearte
Amasar los recuerdos tan fuerte
que parezcan reales
Cocinar lo que imaginé
hasta que vuelvas a besarme
Tragar saliva para olvidar aquello
y lo otro,
los ojos en sangre
Masticar el dolor,

que desaparezca
y me abraces
Degustar tu cuerpo y el mío,
que ya no lo entiende sin ti,
sin que lo ates

Me queda hablarte
Y decirte que contigo,
y por ti,
me hice grande
La niña dio paso a una mujer
desconocida
Olvidé la inocencia en tus manos
transformaste el gesto,
la mirada
Me borraste lo infantil
a pinceladas

Me queda escucharte
Que me recuerdes lo que dijiste
y traigas contigo tus tequieros
no pronunciados
Que me susurres lo que espero
Y que me digas que no,
que no fue inventado

Me queda soñarte
Si es que se puede aún más,
si es que es posible menos

Anhelarte en sueños me queda
Y con eso me quedo
y sueño

## 39. MALENA: LOS AMIGOS ESTÁN PARA ESO

Últimamente, mi cita semanal con Candela para tomar unas cañas y ponernos al día se estaba convirtiendo en algo extraño, ajeno incluso a lo que había tejido nuestra amistad desde la infancia. Siempre decíamos que la treintena es la mejor etapa de la vida, pero a Candela pronto se le olvidaba aquello y pasaba a recordarme que no lograba salir del pozo, que su enganche sentimental, lejos de amainar, era cada vez más doloroso y que no sabía cuánto tiempo podría aguantarlo.

Ella misma reconocía que estaba dedicando los mejores años a sufrir por alguien que nunca iba a darle lo que ella buscaba. En primer lugar, porque él ya le había dicho que no y en segundo lugar, porque, aun en el caso de que hubiera dado ese paso, lo que ella buscaba no tenía nada que ver con lo que él podía darle.

Eso era algo que Candela tenía bastante claro,

algo de lo que no había que convencerla. Y, sin embargo, se aferraba al dolor con una insistencia irracional, como el niño que llora sin consuelo porque su padre no le compra el avión que surca el cielo, aunque sabe que eso es algo materialmente imposible, por mucho amor que exista. Sabe que jamás va a conseguir tal cosa y aun así se recrea en el dolor que le produce esa ausencia.

Yo le insistía en la necesidad de pasar página para poder continuar con su vida; porque tenía que seguir dando pasos y debía hacerlo sin esa maleta emocional que estaba frenando el ritmo y también la intensidad de otras experiencias con las que se encontraba cada día, y a las que ella apenas prestaba atención o simplemente ignoraba.

Hacía tiempo que echaba de menos las conversaciones frívolas con Candela. Esas que de vez en cuando teníamos salpicadas de carcajadas y llenas de comentarios ingeniosos e incluso irreverentes, propios entre amigas que comparten una gran complicidad y muchas inquietudes.

Poco a poco, había dejado de lado todo lo demás para que el epicentro de su dolor pudiera expandirse a su antojo en forma de ondas concéntricas hasta inundar todo su yo. Y el mío —mi yo—, tenaz y cabezota, no iba a quedarse de brazos cruzados mientras presenciaba cómo Candela se hundía. De modo que decidí cambiar de estrategia con la esperanza de que reaccionara.

Una tarde de domingo me presenté en su casa. Sabía que estaba allí porque me había enviado un mensaje para decirme que no iba a salir. Ni cine, ni paseo, ni deporte. Otro domingo regalado a la nada. Me abrió la puerta y, aunque sorprendida, agradeció que le hiciera la visita.

—¿Dónde se tiran los domingos desperdiciados? ¿Al contenedor verde o al amarillo? —le espeté nada más darle dos besos.

—Esto debe de ser contaminante. Tíralo al mismo de las pilas —respondió guiñándome un ojo.

No tenía mala cara, pero sabía que había estado llorando. No sé el motivo exacto de aquel día, no importa. El caso es que se había encerrado otro fin de semana cual Rapunzel esperando a que su príncipe viniera a buscarla.

—¿Qué esperas, Candela? ¿Esperas que venga a buscarte para echarle las trenzas y que suba a tu torre? Me cago en los putos cuentos de princesas, en los hermanos Grimm, en Disney, en Hollywood y en toda esa mierda que nos ha llenado la cabeza de residuos tóxicos. Que somos las Garoña de los sentimientos, coño. Las Zorita del amor, las Vandellós (la I y la II, las dos juntas, que vamos sobradas) de las emociones. Somos material radiactivo en estado puro. Somos Fukushima.

—Qué bruta eres. No espero a nadie, pero estoy triste. No lo puedo evitar, Malena.

—¿Y hasta cuándo vas a estar lamiéndote las heridas? De momento ya le has dedicado un par de cumpleaños, algún verano, las Navidades. Plantéate si vas a seguir así mucho tiempo porque a lo mejor me paso a verte en un lustro. Sé que te voy a encontrar en el mismo sitio, así que no hay problema.

—Lo intento. Cada día pienso: ya está, ya pasó. Pero luego la pena me inunda.

—¿Pero qué pena, criatura? Si deberías estar dando gracias a Dios, a Buda o al sursuncorda por haberte quitado de encima a semejante individuo. Pobre mujer la que vaya a cargar con él. No le arriendo las ganancias.

—Lo sé, pero me da pena.

—¿Sabes lo que es dar pena de verdad? Cuando el padre de tu hijo no le hace ni caso. Pena es darte cuenta de que la cagaste —pero mucho— a la hora de elegir. Pena es haber dejado de darle de mamar a Hugo a los dos meses de nacer porque me parecía que la tristeza que le estaba transmitiendo a través de la leche no podía ser buena para él. Pena es llorar a escondidas para que tu hijo no lo sienta, tu madre no lo note y tu padre no pregunte.

—¿No le diste de mamar a Hugo?

—Tuve que cortarlo. Y le daba el bebé a mi madre para que lo durmiera ella porque a mí se me caían las lágrimas sin parar y terminaban inundando su carita inocente.

—Es que lo tuyo fue muy fuerte. Tan pequeñito. Fue un palo muy gordo, Malena.

—Como el tuyo, Candela, que también fue gordo. Cada uno vive lo suyo como lo más importante y es lógico, pero hay que recomponerse. Fuiste valiente, sobreviviste al *tsunami* y ahora te has quedado flotando encima de una tabla. Tienes que salir de ahí.

—Lo intento.

—Pues no es suficiente. Tienes que intentarlo más. Sin parar. Te voy a contar algo que nunca te he dicho. Cuando Hugo tenía cinco años, lo apunté a natación. Todos los miércoles por la mañana iba a la piscina con él. En cuanto terminaba la clase, se asomaba entusiasmado para buscarme a través del cristal, me saludaba efusivamente y yo entraba a los vestuarios para vestirlo y secarle el pelo. Un día cuando llegué me encontré con su padre. No me había avisado, nunca lo ha hecho, y ese día no iba a ser una excepción. Estaba hablando con una de las monitoras, que estaba extrañada porque era el único padre al que todavía no conocía. Mantener la compostura ya se había convertido en algo tan habitual en los últimos cinco años que ni siquiera aguantar el tipo ante la profesora me molestó demasiado. Lo que me dolió fue que se acercara a mí para decirme lo bien que olía. «Huelo igual que siempre», le respondí. Y él movió la cabeza de arriba abajo, asintiendo, y me dijo: «Sí, hueles igual de bien que antes». Y dicho esto, se dio media vuelta y se fue. Le pregunté si no iba a esperar a que saliera Hugo y me respondió que no, que otro día. Y eso sí que no se lo perdono. Eso sí que me dolió, fue como un puñetazo en el hígado. Cuando Hugo salió de la piscina, le pregunté si me había visto con alguien y el niño, con cinco años, me respondió: «¿Tú qué crees, mamá?». Y añadió: «Pero no quiero hablar de eso». Y no lo hablamos, pero supe que mi hijo tendría siempre carencias por culpa de un padre ausente. Y eso sí que me martillea las sienes antes de irme a dormir. Y, pese a todo, hay que quitárselo de la cabeza y avanzar. Rema, Candela, rema.

## 40. JIMENA: BANGKOK Y LA CATEDRAL DE BURGOS

—¿Qué coño les pasa a los hombres de los que me enamoro, que tienen el ego más grande que la catedral de Burgos?

—Pues que te gusta la arquitectura gótica y te has hecho una experta. Tú siempre has sido mucho de cimborrios y de girolas con relieves.

—Tú ríete, Candela, pero te anuncio que voy a empezar a buscar hombres por los que me sienta atraída solo físicamente. Ese es mi objetivo para este año.

—Al final veo que pasarás del gótico al barroco. Qué digo barroco, ¡vas a ser churrigueresca!

—Pienso usar a los hombres para subir mi autoestima. Al final son todos unos niños con pene. No merece la pena gastar tanta energía en lo que nos gusta su inteligencia o lo mucho que nos entienden. ¡Los cojones! Están educados así. Es luchar contra los elementos y hacerte infeliz innecesariamente.

—Es un planteamiento práctico y muy inteligente, desde luego. ¿Crees que lo conseguirás?

—Mira, si aparece, bienvenido sea, pero no puede ser algo tan importante en mi vida. Cada vez valoro más las cosas que no tienen que ver con esa parte. Así que, como diría Cindy Lauper: *Girls just wanna have fun.*

—Me gusta tu reflexión, Jimena. Y más todavía tu conclusión.

—Candela, no te engañes, que eres muy cándida. A todos les da por lo mismo: necesito follar con más de una, necesito mentir y tener opciones. Necesito saber que hay otra que me pone más.

—Un poco dura te veo, ¿no? (Y perdón por lo de dura.)

—De eso nada. A partir de los cuarenta, medio calvos y con barriga, cambian el discurso por necesidad y miedo, pero no por convicción. Y ¿sabes qué te digo, Candela? Que con cuarenta soy yo la que quiere estar ligándose al de veintiséis. Se acabó.

—¡Esa es mi chica! *Cougar!!!* Pues yo he quedado mañana con David.

—Uy, qué bien... Ñam, ñam, ñam.

—Pero me lo tomo con calma. Si anula, pues nada. Si quedamos, perfecto. No quiero más decepciones imaginarias de relaciones imaginarias.

—No te lo tienes que tomar de ninguna manera. Improvisa. Como dice Al Pacino en *Esencia de mujer:* «Ante la duda... folla».

—Cierto. Tenemos que cambiar el chip.

—Que nos hemos quedado enganchadas en las pelis de amor. Sal de *Memorias de África,* Candela, sal de ahí. Que el tipo mucho lavarle el pelo a la rubia, pero luego bien que se piraba y la dejaba sola.

—¡¡Me cago en Robert!! ¡¡Y en Sundance!!

—Mr. Redford, métase su carisma y su tutelaje por donde le quepa. Y puede coger mi fascinación y mi juventud y hacerse un *bukkake.*

—¡Te sienta fenomenal no dormir! Estás inspiradísima. Espero con ansia viva tu análisis de los *Puentes de Madison.*

—Perdona que te disculpe, Candelita, pero en aquella ocasión Clint no era más que un fotógrafo vividor que se tiró a un ama de casa. Fin de la historia.

—¿Y esa escena de la camioneta? Esa mano que no termina de abrir la puerta...

—Lo que se te olvida, cariño, es que él estaba rezando para que se pusiera en verde el semáforo y poder pirarse del puto pueblo. Que era un puto pueblo, Candela. Y aburrido. Que a los tres meses ya no se hubieran soportado. Que no, que no me la dan con queso. Follaron, estuvo muy bien, ella lo recordará siempre y él seguirá tirándose a campesinas mientras hace fotos para *National Geographic.* Fin.

—Estamos fatal, que lo sepas.

—¿Podemos ir a peor?

—*Of course,* querida. Dame tiempo.

—Pero yo creo que cuando estamos las dos juntas es todavía peor. Es mucho mejor así, que yo esté en Tailandia.

—¿Ya no me quieres cerca, cari? Voy a llorar.

—Pero no eres tú, Candela, soy yo.

—¡El «no eres tú, soy yo» es la mejor excusa de todas! LA EXCUSA. Bravo por todos los hombres que nos la han soltado a la cara alguna vez.

—Yo prefiero la de «Te mereces a alguien mejor».

—Esa también está en mi top. Y la de «Eres un sí, pero no».

—Pues eso te digo yo a ti, Candela. Eres guapa, divertida, me mensajeas mucho, pero no me pones nada.

—¡¡No puedo entenderlo!! Me rompes el corazón. ¡Cómo puedes no caer rendida ante mí! Con este cuerpo hecho para el deseo.

—Yo tampoco lo entiendo.

—Pero ¡si soy un partidazo y estoy buenorra! Y casi no hablo, ni le doy vueltas a las cosas.

—Te lo tengo que decir, Candela, me he enamorado de mi frutero. Tiene un bigote sombreado y es del Racing de Bangkok.

—No me extraña que hayas caído rendida a sus encantos. Y ¿te da collejas?

—Me da unas palmaditas muy suaves en el culo

cuando estamos en el acto, como las que les da a los melones para saber si son buenos.

—Imposible competir. Sed felices, Jimena.

## 41. BERTA:
## AMOR SIN CERO

Llegué a Madrid de noche. Regresaba de un viaje de trabajo, un vuelo relámpago a Londres. Como tantas otras veces, Candela vino a recogerme al aeropuerto y nos fuimos a cenar juntas. Hacía tiempo que la encontraba alicaída, pero aquella noche estaba más desanimada de lo normal.

«No soporto las mentiras, Berta.» Mientras me soltaba aquella frase sin venir a cuento, sus ojos se le encharcaron de lágrimas. Comenzó a explicarme lo que había ocurrido: «Sé que no es un drama, pero a mí me hace mucho daño, no puedo evitarlo».

La suerte de Candela, aunque ella lo viviese entonces como un problema, es que había llegado a aquel momento sin que la vida la hubiera sacudido fuerte. Su historia con Manuel, y lo que vino después, fue su primera gran desilusión. Su primer gran desamor. Había habido otros, pero no tan profundos.

—Piensa en positivo, Candela. Lo que has vivido con él es vuestro, no os lo va a quitar nadie. Es tu patrimonio. Conserva los buenos recuerdos y avanza.

Eso le dije yo, sabiendo que llevaba tiempo intentándolo; pero seguía costándole mucho dar esos pasos hacia adelante. Por más que luchaba por apartarle, todavía había algo que la paralizaba. En el fondo esperaba que él volviera arrepentido y le dijera que había sido un cobarde y que se había dado cuenta de que era ella la mujer con quien quería estar.

—No lo va a hacer —le dije. Sabía perfectamente hacia dónde habían ido los pensamientos y las ilusiones de Candela—. No va a venir a lomos de su caballo a recogerte. Y ¿sabes por qué? Porque él no es ningún príncipe. No sé si existen los príncipes, pero en el caso de que quede alguno, Candela, no es Manuel. Así que quítale la armadura, bájalo del caballo y míralo como lo que realmente es.

—¿Y cómo es realmente?

—Pues un tipo bastante más mediocre de lo que él se cree. Será muy guapo y todo lo que tú quieras, pero no deja de ser un egoísta al que le encanta que andes bailándole el agua, y ya está bien de bailar y de agua. Cierra el grifo, Candela. No lo merece. Los que te queremos estamos aquí a tu lado. ¿Lo ves a él por algún sitio?

—No, pero...

—Pues eso. Mírame, Candela. Manuel ya no forma parte de tu vida. Se fue, ahora es tu pasado.

—¿Y por qué me miente?

—Porque le da la gana. Joder, Candela, lo hace todo el rato para salvar el pellejo. No es por ti. Él es así. Punto. No tiene ninguna importancia que al verte haya querido esconder el móvil.

—Estaba mandándose mensajes con alguien.

—Claro, igual que haces tú. ¿O es que tú no me mandas mensajes a mí, a tu madre o a quien te da la gana?

—Es que ha sido lamentable, Berta. No sabía ni qué hacer. Tapaba el móvil con una mano como si yo no me percatara de lo que estaba pasando. Le ha faltado señalar al cielo y gritar cualquier tontería para intentar despistarme.

—Pero ¿cuál es el problema? ¿Que le estaba mandando mensajes a una tía? Efectivamente, Candela. Cuenta con ello, se escribe con otras mujeres. Y ¿sabes qué? Folla. Manuel folla y no es contigo. Porque vosotros ya no estáis juntos. Porque tú, Candela, le dijiste que no podías más con aquella historia. Tú eres una mujer que necesita primer plato, segundo y postre. Que se meta sus migajas por donde le quepan. Manuel no sabe querer de otro modo. Se quiere a sí mismo más que a nadie.

Candela me sonrió con los ojos, los labios no le respondían porque los tenía fruncidos, intentando aguantar el tipo para no soltar una lágrima más.

—Él te ha querido, Candela, y te respeta. Por eso se aparta y por eso no vuelve a ti. Solo te queda aceptarlo. Manuel ya pasó, es historia.

*Anoche soñé con él*
*Tenía otra cara y otro cuerpo,*
*pero era él,*
*aunque él no se dé cuenta*
*ni dormido ni despierto*

#microcuento

## 42

Nunca te he hablado de otros hombres. A ti siempre te interesaron mis parejas anteriores (me vas a permitir que a ti también te incluya en el apartado de novios aunque odies esa etiqueta), pero yo nunca te di demasiados detalles. Así que cuando, en alguna de nuestras idas y venidas, yo salí con otros, nunca te lo conté. Por ejemplo, no te confesé que un día por sorpresa me llamó Rubén.

Hacía varios años que lo habíamos dejado y quedamos para vernos y ponernos al día. Lo invité a cenar a casa. Después de una botella de vino nos pusimos a hablar de una manera más íntima. Se sentó a mi lado, empezó a acariciarme sutilmente y a recorrer mi mano con sus dedos. Me dijo que me echaba de menos, que había sido un tonto y que le gustaría intentarlo otra vez. «Con nadie me divierto como contigo», concluyó. Y eso me gustó.

Me gustó tanto que a los pocos minutos estábamos desnudos en el salón. Recordé aquellos besos que hacía tanto que no daba. Su olor, ese perfume que pronto lo inundó todo y sus manos. Nos cogimos con ganas y eso se notó. Yo quería una tabla de salvación que me alejara de ti y Rubén quería recuperar el tiempo perdido.

Enseguida los besos nos llevaron más allá y terminamos en la cama. Y de repente, cuando comenzaba a evadirme y a disfrutar de aquello, viniste a mi mente. De golpe. Sin avisar te plantaste en aquella fiesta y no había manera de sacarte de allí. Y a partir de ese momento era a ti a quien besaba, y no a él.

Rubén, que no sabía que se había convertido en Manuel, no respondía como lo habrías hecho tú. Y no me hablaba, ni me decía lo que tú me decías, ni me tocaba como tú sabías que me gustaba, ni me miraba como tú me mirabas. Y me jugaste aquella mala pasada y, cuando al fin terminamos, noté que no era sudor sino lágrimas lo que cubría mi cara. No he vuelto a ver a Rubén.

Hace ya mucho que el tiempo juega en mi contra. Hoy, asomada desde el puente del pequeño pueblo al que hemos venido a pasar el fin de semana, lo pensaba. La vida es como un río. Y me fijaba en las pequeñas cascadas, en los rápidos y en las zonas más calmadas de aguas tranquilas.

He pensado que contigo me sumergí en uno de esos rápidos y evité seguir avanzando. El agua siempre te arrastra, inevitable, pero yo me opuse. Luché con todas mis fuerzas por ir contra corriente. Yo quería seguir en esas aguas arremolinadas sin que hubiera consecuencias y eso no puede ser. Porque la vida, como los ríos, no se detiene. Y las aguas que un día te vencieron unos metros más adelante te mecen suavemente. Pero yo ya no quería esa paz si para ello tenía que renunciar a ti.

En vista del escaso éxito que tuve con Rubén, decidí lanzarme a explorar nuevos campos. Me propuse salir con hombres con los que no hubiera tenido ninguna relación antes. Y entonces llegó Fernando.

FERNANDO. Como suele pasar en estos casos, llegó sin avisar, pero su recuerdo se ha quedado conmigo para siempre. Me da apuro contártelo así, Manuel, pero es la verdad; sabes que nunca te he mentido y esta vez no va a ser la excepción.

Conocí a Fernando a través de Twitter. Me hizo un comentario simpático, comencé a seguirlo y al rato nos estábamos mandando mensajes directos para quedar. Nunca me había pasado algo así. Él me seguía porque le había gustado un reportaje que yo había realizado hacía unos meses. Su hermana trabajaba en una revista y me propuso publicar en ella algunas de aquellas fotos. El paso siguiente fue comunicarnos por correo electrónico y después intercambiamos nuestros teléfonos.

Yo reparé en su avatar y en su biografía. Joven, veintinueve, moreno, guapo, atlético, guapo, deportista, guapo, músico, ¿te he dicho que guapo? Era justo lo que necesitaba. Un tipo interesante, atrevido y guapérrimo que me hiciera olvidar mis penas.

Contactó conmigo un jueves y al día siguiente nos fuimos juntos de fin de semana. Así, sin conocerlo de nada. Mis amigas estaban de los nervios, pero en el fondo se alegraban de que me distanciara de ti. Lo recogí en su apartamento y nos dispusimos a vivir aquello al máximo.

Me habían recomendado un hotel con *spa* maravilloso a dos horas de casa y allá nos fuimos. Al principio me dio un poco de corte, pero enseguida conectamos y, aunque pronto supe que aquello solo sería una aventura, me encantó vivirla.

Fernando es un espíritu libre —yo ya los detecto al vuelo, tengo experiencia— y con él no iba a caer en los mismos errores en que caí contigo. Con él quería disfrutar sin compromiso y podía hacerlo porque de él no estaba enamorada, afortunadamente.

Decidí llevarme mi coche para poder escapar en caso de que el chico resultara ser un psicópata, pero no hizo falta salir corriendo. En cuanto nos vimos nos abrazamos y me plantó un beso en la boca con tanta decisión que ni siquiera pude extrañarme por aquel gesto. Ya en la carretera el trayecto se convirtió en un ir y venir de manos y besos robados. En cuanto paraba en un semáforo o no había coches rondando, empezaba con su juego.

Y así estuvimos tres días con sus tres noches. Un fin de semana de encierro voluntario tan recomendable que debería prescribirlo el médico en caso de desamor. Volví renovada, con un cutis perfecto y una sonrisa de oreja a oreja. Fernando me hizo mucho bien. Y se lo agradezco. Se lo agradeceré siempre.

*Celos*
*de los pies que te guían*
*de la sombra que te acompaña*
*del aire que se introduce*
*Celos*
*que no nombro*
*por si te descubren*

#microcuento

# 43

Voy pedo. Acabo de llegar a casa y voy pedísimo. Es lo que ocurre si te lías a tomar cañas con unos compañeros al salir del trabajo. Comenzamos picando algo y hemos terminado como piojos tomando *gin-tonics* que parecían ensaladas de tanto aderezo que llevaban. A mí se me ha aflojado la lengua y he empezado a hablar de ti. Supongo que mañana me arrepentiré, pero hoy el cuerpo me pedía hacerlo.

He quedado con Marta y Javier y les he contado lo que me ha pasado hoy. Antes de explicártelo, te informo —porque voy pedísimo— que me atrae Javier. No es que me guste exactamente, es que me parece muy sexy. Hay días en que me iría con él a la cama, pero siempre piso el freno a tiempo. Soy prudente porque, después de ese día en el que cruzas la línea, llega el día siguiente y tienes que volver a verlo y eso casi siempre complica las cosas.

Ya aprendí eso hace años cuando estuve con Ángel. Me voy de un tema a otro, perdóname. O no. Te aguantas y escuchas mi historia, que bastantes aventuras tuyas tuve que escuchar yo. Con Ángel eran otros tiempos, teníamos veintipocos y era nuestro primer trabajo en serio. Los jueves al terminar la jornada salíamos todos juntos y nosotros siempre terminábamos perdiéndonos y recalando primero en mi coche y luego en mi casa, por ese orden.

Ángel me gustaba, pero para un rato, entonces podía controlar eso. «Este no te conviene, Candela», me advertía mi voz interna, y yo actuaba en consecuencia. Me divertía y no le daba mayor trascendencia al asunto. Aun así, reconozco que me fastidió un poco cuando decidió que no podíamos vernos más porque su novia se había enterado de lo nuestro. Porque Ángel tenía novia, creo que antes olvidé mencionar ese detalle.

Resulta que hoy, a la hora de comer, casualmente he pasado por tu casa y casualmente salía una mujer de tu portal y casualmente tú ibas a su lado y —oh, casualidad— he visto cómo os besabais.

Tú, Manuel, dándole un beso a otra. Tú, renunciando a mis labios para ir a parar a los de esa otra. Pensé que tenías buen gusto. Como he bebido, voy a decir lo que pienso de verdad. Pensé que tenías mejor gusto, ¿ya te lo he dicho? Un gusto exquisito. Pensé tantas cosas buenas de ti que ya no sé ni con qué quedarme de todo aquello. Las manos casi vacías.

Cuánto te he llorado para lo idiota que eres, Manuel. Te recuerdo que voy pedo y se admiten tacos, juramentos y palabras malsonantes. De todos modos, la culpa no es tuya, no es solo tuya. Yo también tengo lo mío. Y sí, tú eres un flojo, Manuel.

Con este embrollo mental, mientras me caliento un vaso de leche antes de irme a la cama, he recordado que ya hace más de cinco años que estuve en Nueva York. De aquel viaje me traje muchos recuerdos, uno de ellos lo tengo colgado en la pared de casa. Me compré una lámina en el Moma. De todos los cuadros del museo elegí, no sé muy bien por qué, uno de Lichtenstein. No es ni de lejos uno de mis artistas favoritos, pero lo elegí a él. Y entre todas las imágenes de que disponía, me incliné por la de la chica llorando. Porque ya lo anticipé yo, Manuel, y tú no tienes nada que ver con eso. Yo me propuse vivir una historia intensa, un amor novelesco que me hiciera gozar y llorar a partes iguales. Y ahora, mirando el cuadro, al ver a la chica casi ahogada en sus propias lágrimas, me doy cuenta de que todo fue premeditado.

Manuel, nunca has estado a la altura cuando te he necesitado. Nunca te anticipaste, ni me consolaste después de un mal momento. Solo estabas ahí para lo bueno, para lo cómodo. Sin problemas. Solo para disfrutar. Y ahora que te he visto con otra puedo decirte que me alegro. Que quizá no hacéis tan mala pareja. Porque yo no soy ella, Manuel, pero lo mejor es que ella no es como yo.

*Pedí de regalo tu corazón*
*envuelto en celofán*
*Aquí guardo el papel*
*Y creo que está arrugado*
*como mis ganas de que vuelvas*

#microcuento

# 44

Hoy es San Valentín. Podría decir que me encanta la fecha, que es un día estupendo para demostrar el amor, una excusa perfecta para hacer evidente la prueba del cariño. Podría decir todo eso, argumentarlo, pero no puedo porque básicamente me toca las narices el 14 de febrero. Perdona el lenguaje, ya no voy pedo, pero como si lo fuera.

Supongo que esta animadversión tiene su sentido. No me gusta celebrar una fecha en la que no te rinden homenaje. Es como ir a una fiesta a la que no has sido invitado. Aunque te lo pases bien, aunque te diviertas, sabes que nadie pensó en ti cuando la organizó. Es como disfrutar de algo que no te corresponde.

Eso me ocurre a mí con el día de los enamorados. Tanto tiempo sin recibir un ramo de flores que terminó por desencantarme. ¡Ni una triste rosa envuelta en un triste celofán!

¿Hay algo más triste que eso? Sí, lo hay, unas margaritas de tienda de gasolinera envueltas en celofán, acompañadas de una planta de jardín, con gancho de jardín, para colgar en un jardín que no tienes. Todo muy poco romántico.

Y todo eso ni siquiera me llegó un 14 de febrero. Eso me lo regalaste el día de mi cumpleaños, cuando apenas habían pasado dos semanas desde nuestra ruptura. Me daba igual el regalo, pero me importabas tanto tú, Manuel, que todo me parecía doloroso.

En una ocasión tuviste el detalle de regalarme un reloj. Y te confieso que no me lo puedo poner. Cada vez que lo miro siento que el tiempo se para y me lleva de vuelta a aquel momento. Tú sacando por sorpresa mi regalo y yo pensando que aquello quería decir algo. Siempre buscando señales en cualquier detalle, Manuel. Señales que nunca llegaban.

Pero estábamos hablando del día de Cupido. Nunca te dije nada, pero me habría encantado que me hubieras sorprendido con un detalle ese día. El primer año ni siquiera me llamaste. Habías querido desconectar después de nuestra última cita. Algo así como: «No te he felicitado, cariño, no vaya a ser que te enamores y eso no está en el pacto».

El día anterior te habías pasado por mi casa a mediodía. Yo tenía una reunión a las seis de la tarde. No disponía de mucho tiempo, así que en cuanto te abrí la puerta me lancé a tu boca. Fue como si te hubiera estado esperando media vida. Y quizá era cierto. No recuerdo si habías tenido una sesión de fotos a mediodía ni de dónde venías, pero me pillaste por los pelos. Te dije que tenía una hora libre y allí te presentaste.

Recuerdo que llevabas un vaquero algo más ajustado de lo habitual y una camiseta negra. Encima un jersey gris de cuello alto que apenas te duró puesto medio minuto.

Olías como siempre —y como nunca— porque la verdad es que tu olor siempre me parecía inolvidable. Suena exagerado, pero es así. Era tu olor, tu propio perfume corporal, tu cuerpo, las feromonas. Y mi olfato atento a tus instintos.

Comenzamos a besarnos y, cuando nuestras lenguas empezaron a bailar juntas, yo ya estaba en ropa interior y tú desnudo. Me encantaba verte así en mi salón. Piernas robustas, abdomen musculado, brazos fuertes y torso amplio, generoso, como lo era nuestra pasión.

Te abracé, me quedé colgando de tu cuello y me di cuenta de lo liviana que soy —que era— ante ti. Ligera como una pluma. Delicada como la seda. Frágil como el cristal. Tanto que terminé rompiéndome.

Tus manos me agarraron con fuerza y fueron cómplices para colocarme a horcajadas sobre ti. Fuiste más directo que otras veces. Sabíamos que el tiempo apremiaba, así que apuramos las sensaciones al máximo.

Cuando terminaste yo ya lo había hecho un par de veces. Nos quedamos abrazados unos segundos, recuperándonos, y volvimos a besarnos. Esos besos suaves encendieron de nuevo la pasión en un intento de demostrarnos que nos había sabido a poco, que nos habíamos quedado con ganas.

Esa era siempre la sensación que tenía. Durante el tiempo que estuvimos juntos me supiste a poco, me dejaste con ganas. Por eso te echaba tanto de menos. Tanto como ahora te echo de más.

Al día siguiente de tu visita relámpago no dejé de mirar el teléfono. Esperaba un «Pensando en ti», aquel «Todavía sigues conmigo» que me enviaste en otra ocasión. Pero no llegó nada. Ni siquiera un escueto «Buenos días» matutino.

Pasé aquel 14 de febrero esperando, y llorando, a ratos. Al día siguiente me preguntaste qué tal estaba y te disculpaste diciéndome que estabas tratando de *enfriar* lo nuestro. ¡Enfriar! ¿Enfriar qué? ¿Las llamas?, ¿las ascuas tras el fuego del día anterior?

Nunca llegué a entender ese tira y afloja tuyo. Tan doloroso como adictivo. Ni siquiera un saludo, un beso, un gesto de cariño.

Odio los 14 de febrero. Y a ratos intento odiarte a ti. Ojalá lo consiguiera para poder apartarte de mi vida.

*Mide lo que siento*
*¿Puedes?*
*Muda, me arrepiento*
*Miro y te lo digo*
*Muro, contra el viento*
*Habla, grita, llora*
*Todo menos esto*

#microcuento

# 45

Un año y medio después. Más de cuatrocientos días habían pasado desde aquella frágil noche de hotel. A nadie en su sano juicio se le hubiera pasado por la cabeza que yo podría seguir pensando en ti. Ni siquiera yo era consciente.

De nuevo la casualidad quiso que nos encontráramos y sin premeditación alguna, sin haberlo previsto, te solté toda la rabia acumulada en ese tiempo. Estabas radiante. Siempre tan coqueto. El vaquero perfecto, una camisa oscura y encima una chaqueta de cuero impecable.

Te vi muy bien, como siempre, pero quise pensar que ya te habías convertido en otra cosa. Ya no eras tan tan tan... tú. Sin embargo, en cuanto empecé a hablar contigo me di cuenta de que seguías siendo mi kriptonita.

Las piernas me temblaban y no articulaba bien mi discurso, unas palabras que yo no sabía que tenía tan a flor de piel.

Disparé a bocajarro y, en ese fuego cruzado que entablamos, incluso lancé alguna bala contra mi propio pie. Comencé con una sentencia directa y sincera. Te dije que me habías dejado una cicatriz muy profunda, que la herida seguía abierta y que nadie me había hecho nunca tanto daño. Tú me mirabas con cara de no entender lo que estaba pasando. Y no me extraña porque aquello no tenía ningún sentido. Y así te lo reconocí, pero —por algún motivo— seguí dejando salir todo aquello a borbotones.

Fue un vómito emocional e incontenible. Lo saqué todo fuera. Que no te perdono que no volvieras, que no me perdono no olvidarte. Que no asimilo que no me quieras. Y en ese momento me di cuenta. Quizá yo había creído que estaba jugando un partido de tenis y en realidad a lo que jugaba era al frontón, yo sola, imaginando que enfrente tenía a un gran tenista.

Lo malo no fue decirte todo aquello mirándote a los ojos. Lo peor fue que, en un ejercicio de sinceridad propio de una adolescente insegura, te pregunté si estabas con alguien. Y sabía que no tenía ningún derecho a hacerte esa pregunta. O sí, lo tenía, pero ya estaba fuera de lugar y de contexto. Pero te la hice: «¿Estás con alguien?».

Haciendo un triple mortal con tirabuzón, me lancé al vacío y me arriesgué con mi indiscreta pregunta. No me lo negaste, luego deduje que aquel silencio llevaba implícita una afirmación. Yo lo intuía, pero quería escuchártelo a ti, que me lo dijeras mirándome a los ojos y así poder dejar de pensar que algún día volverías a mí. A mi lado.

Es curioso, pero mientras te hacía la pregunta fui sintiendo cómo mi autoestima se encogía y mi cuerpo se volvía muy pequeño hasta hacerse prácticamente plano. Y me contemplé por un momento desde fuera y me vi convertida en un felpudo en el que se leía claramente: «Bienvenido, puede pasar y pisar».

Y pasaste y pisaste, pero debo reconocer que era yo la que te había invitado a aquella fiesta perversa en la que yo resultaba ser la peor parada.

Y no era una cuestión de celos, sino de dolor, porque la realidad no era como la había imaginado. Tan sencillo, tan naíf, tan absurdo a esas alturas.

Una vez dicho todo, me replegué y me llevé conmigo tus palabras. Tanto tiempo después me repetiste que te habías enamorado de mí, pero que, al darte cuenta de que no me podrías hacer feliz, te habías apartado.

Y reconocí aquel mismo discurso, aquella misma música. Y, de repente, pensé: «¿Cuántas veces me tienen que decir que NO? ¿Qué sentido tiene luchar por algo tan doloroso? ¿Qué me gusta ya de él?».

Se hizo el silencio en mi mente y, después de unos segundos, me dije en voz alta: «Hasta aquí». Me metí en el coche y me fui. En la radio sonaba «Ya está, ya hay paz. Ya hay paz» e hice mía la canción. No nuestra, solo mía. Fue la primera canción con la que comencé a construir recuerdos nuevos.

*No hay ya más que decir*
*No hay llamas, qué decir*

#microcuento

# 46

Bienvenido a tu funeral. Tú no lo sabes, pero te has muerto. Bueno, en realidad he tenido que matarte. Después de tanto tiempo en coma, con respiración asistida, me he visto obligada a desconectarte. He intentado mantenerte con vida estos años, pero ya no puedo más. Desisto. Me rindo. Tiro la toalla.

Quizá lo más correcto sea decir que al fin soy valiente y abro los ojos para ver la realidad. Esa realidad que tantas veces me he negado a ver por temor a que fuese demasiado dura. Y evitando abrir los ojos me he quedado en esta especie de limbo en el que renuncié a ti, pero también un poco a mí misma.

Renuncié a rehacer mi vida, a poder divertirme sin tener un puño apretándome la boca del estómago, a poder ser feliz con pequeñas cosas, a disfrutar de las fresas con chocolate, de la playa sin gente, de dar un paseo, de leer un libro, de reírme hasta que me doliera la tripa, de ver una película, de escuchar una canción sin que estuviera contaminada por tus recuerdos. Renuncié a mirar la luna llena si ya no estabas ahí para regalármela.

Y renuncié a todo eso porque quise. Pensaba —sentía— que ya no valía la pena sin ti. Por eso cuando fui descubriendo que tú sí habías rehecho tu vida, que habías vuelto a sonreír, que habías metido en tus sábanas a otras, preferí taparme los ojos.

Reaccioné como una niña pequeña que al sentir miedo se cubre la cara, como si el monstruo la fuera a respetar, como si no fuera a hacerle daño porque ella no lo ve. Yo también pensé que estaría más segura si me tapaba los ojos con las manos. Si no veo, no me ven. Si no lo veo, no existe.

Por eso, después de mucho tiempo hipotecando mis pensamientos, hoy he decidido matarte. Porque me he dado cuenta de que esto ya nada tiene que ver contigo. Es cosa mía, un proceso ajeno a ti.

«Tienes que asumir que ya no está, Candela, que vuestra historia se terminó hace mucho tiempo.» Me he dicho tantas veces esta frase que me he vuelto inmune a su significado. Y lo curioso es que tú te hiciste fuerte porque yo te lo permití, así que hoy voy a proceder a tu desalojo forzoso porque, Manuel, eres un okupa de mi corazón.

Te colaste, reventaste mi cerrojo y te quedaste a vivir plácidamente en mi casa. Y, sin dar explicaciones, ibas y venías. Y el día que ya no volviste, la puerta ya no encajaba. Es lo que ocurre cuando no se hacen bien las cosas desde el principio. No reparamos esa cerradura, que siempre estuvo abierta a tu santa voluntad, y después, por mucho portazo que quise dar, ya no hubo manera de cerrar la puerta, de girar la llave y de ser la dueña de mi casa de nuevo. Siempre se quedó entreabierta. Y esto te lo digo ahora que sé que ya no volverás. Pudiste volver y entrar. Sabes que te habría recibido. Te agradezco que no lo hicieras.

Te he llorado tanto que ahora que estoy en tu funeral no sé muy bien cómo reaccionar. Me duele mucho sacarte de mi vida, pero me duele mucho más todo el daño que me has causado, a mí y a las personas que me rodean, que han tenido que conformarse con otra Candela, una Candela a medio gas, con las pilas desgastadas. Creo que voy a optar por un funeral más de película americana y menos de la España profunda. Estoy de lamentos y lloros hasta el gorro. Perdóname, Manuel, aunque estés todavía aquí, de cuerpo presente, pero me voy a arreglar. Voy a ponerme bien guapa, voy a maquillarme y a subirme a los tacones. Y voy a vivir.

Porque la vida sigue, siempre sigue, aunque a ratos pensemos que se ha parado a esperarnos. Nadie me va a devolver todo el tiempo que te he regalado. Espero que ahora tú también seas generoso y me regales unos bonitos recuerdos que me acompañen el resto de mi vida.

*Que conquistaste mi sur*
*Que perdí el norte*
*Que me revolviste*
*hasta desorientarme*
*Que no me diste la brújula*
*para orientarme*

*Que me dé igual*
*pero que sea mentira*
*Que no te hable*
*pero que no te olvide*
*Que no*
*Que nada*

#microcuento

# 47

¿Te acuerdas de aquel día después de tanto tiempo cuando te mandé un mensaje para preguntarte qué tal estabas? Pensé que ya podríamos ser amigos. Al recibir tu respuesta comprobé que yo seguía sin estar preparada.

Ese mensaje escueto en el que ni me agradecías mi interés ni preguntabas por mí. Esas dos líneas en las que volví a comprobar que ya siempre se te olvidaba escribir un «Candy» después del beso. Un beso que se convirtieron en varios. ¿Sabes que varios besos, así en plural, ponen más distancia que uno, breve, directo y cálido? Seguro que lo sabes.

¿Por qué daré tanta importancia a las palabras? ¿Por qué me hará daño que ya no me mandes un beso en diminutivo, que escribas con exclamaciones, que tengas tú la iniciativa, que me llames Candy, que me digas que me echas de menos, que piensas en mí? Y que me quieres.

Ahí me di cuenta. Mi mensaje esperaba un te quiero. Cómo ibas tú a saberlo, ¿verdad? Si yo solo preguntaba qué tal estabas. Así soy. Esperando siempre. Lo imposible.

A veces esperaba ese «Escribiendo...» como cuando abres un regalo. Había días en los que el envoltorio daba paso a un mensaje precioso. Otras veces la respuesta me dejaba tan fría como lo acababan de ser tus palabras. Quizá no estemos hechos el uno para el otro. Quizá no nos vayamos a entender nunca. O quizá sí, y nos lo estamos perdiendo.

Yo solo quería quererte, Manuel. Solo eso. Y que tú me quisieras igual.

Tú no eres culpable de nada
Ni yo

Qué mala suerte la mía
quererte tanto
Qué mala suerte la tuya
no quererte yo menos

Qué buena suerte la mía
quererte así
Qué buena suerte la tuya
que te haya querido de este modo

Qué mala suerte la mía
haberte inventado
Qué buena suerte la tuya
haberme encontrado

## 48. JIMENA: BANGKOK Y LOS OLFATEADORES

—Estoy hecha una braga, Candela. La gente esa que dice que nunca se ha tomado una aspirina en su vida miente, ¿no?

—Miente y sin motivo. Creo firmemente que doparse no está tan mal. El que dice que no toma nada es por hacerse el duro, pero a escondidas se mete paracetamoles doblados. ¡Y sin esperar las ocho horas!

—Yo lo hago.

—¡Vives al límite, Jimena!

—Efectivamente. Y saco el USB del ordenador del tirón, sin esperar a que me diga que es seguro desconectar el dispositivo.

—Eres una vivalavirgen.

—Y volviendo al tema de antes, te decía que siempre que nos hablan de gente que no había tomado nunca ni un triste ibuprofeno luego nos cuentan que se ha muerto. Y no entiendo muy bien la conclusión a la que quieren que lleguemos. Sería algo así como: «Qué mala suerte, toda la vida sin un pequeño resfriado y se murió en el acto».

—Coño, dame resfriados a mí, entonces.

—El otro día me hicieron una prueba con sedación. Mejor no te explico en qué consistía, Candela. Solo te diré que la sedación era con propofol.

—¿Eso no era lo que tomaba Michael Jackson?

—Efectivamente, entre otras muchas cosas, supongo. Y lo entendí. Que no lo justifico, ojo, pero lo entendí. Un estado de paz, de tranquilidad. Es un limbo maravilloso. No vuelvo a hacerme una gastroscopia, que me engancho.

—Pues yo he ido al dentista. Me han quitado esa muela del juicio que me estaba dando la tabarra. Y tengo que decir que estoy muy en contra de la anestesia oral. Una mierda. Que tengo la cara de corcho y se me cae la baba. Con lo que yo he sido. Y aquí me tienes babeando.

—¿Y qué tal el flemón, Mortadela?

—No pierdes la chispa en Tailandia, ¿eh, Jimena? Pues Filemona está regular. Ya te digo, con la cara como una hogaza de pan y sin sensibilidad.

—¡Pero qué se puede esperar de una niña a la que le gustó *Mujercitas*! Blanda, que eres una blanda.

—Sí, pero no vayas a pensar que yo quería ser Jo, la moderna, la escritora, la que lucha por su carrera a pesar del amor. No, yo quería ser Beth, la buena. Hay que joderse. De profesión soy buena, oiga.

—Oh, cielos, cuánta dedicación, miss March.

—Y al final la buena cae enferma y se muere. Tócate las narices.

—Bueno, mujer (¿o debo decir mujercita?), no seas tan dura contigo misma. Peor sería que hablaras de ti en tercera persona.

—Eso nunca. Candela es una persona que cree que no es bueno hablar en exceso de una misma y menos en tercera persona.

—Por cierto, el otro día vi por cuarta vez *Alfie* (la versión moderna). Llámame frívola, pero Jude Law me entretiene mucho.

—Jude Law es un olfateador, lógico que te entretenga.

—El rey de los olfateadores, me vas a perdonar, es Justin Timberlake. Es de los que merodea, se acerca, te olisquea y, al final, ¡zasca!

—Normal, ¿pero tú has visto cómo se mueve?

—¿Que si lo he visto? Me he tragado más vídeos de él en Youtube que una adolescente. No sé qué fijación me dio por este. Será Bangkok, que me pone tierna.

—Aunque el mago del me-arrimo-a-ti-pero-yo-como-si-nada-pero-vas-a-caer-rendida-a-mis-pies-porque-estoy-bueno-que-aburro-y-tú-lo-sabes-y-yo-lo-sé es el cantante de Maroon 5.

—Apruebo la moción, señoría. Y no haré más preguntas.

—Me acojo a su quinta enmienda, señor Adam Levine, y no me muevo de ahí.

—Pues vi *Alfie,* Candela. Y tenemos que dejar de ser la Marisa Tomei de la historia. Que no te digo yo que podamos ser todo el rato la Sienna Miller, pero, coño, lo de la Tomei no es necesario tampoco.

—¿A qué te refieres?, ¿a que somos las tontas de la película?

—No, peor todavía, a que nos convertimos en madres de los hombres. Y eso, Candela, NO PUEDE SER. Nada de preparar cenitas cuando al niño le apetezca pasarse a hacernos una visita.

—¿Hay que esperarlo con la absenta como Susan Sarandon?

—¡Pues sí! Si es un picaflor hay que esperarlo en pelotas y con la absenta. Y no hay más que hablar. Si no te vas a casar con él, no le pongas el disfraz de padre de tus hijos. ¿Trato?

—Trato.

*El día que te abrí la puerta y te dejé entrar*
*Para siempre*

**#microcuento**

# 49

Hoy hace dos años de la última vez que nos besamos. Fue en aquella habitación de hotel. Allí dejamos nuestro último contacto. Nuestro último beso de Río convertido en despedida vino sin ni siquiera habernos desnudado.

Nunca llegué a decirte que me había comprado lencería para la ocasión. Quería sorprenderte y al final fuiste tú quien lo hizo regalándome la noche más amarga. El conjunto constaba de tres piezas. Negro de encaje con los tirantes ribeteados de seda. Y una pluma. Aposté todo al negro. Y perdí.

Me lo iba a poner al cabo de unos minutos. Te vi aparecer por la habitación antes de tiempo. Habías bajado al coche a por algo. No lo recuerdo. Al verte me lancé a tus brazos, salté y me quedé suspendida de tu cuerpo. Pusiste tus manos en mis caderas y me pellizcaste. Te sonreí y comencé a besarte. Y tú a mí. Los besos son muy importantes. Se mueven muchos músculos, se queman calorías, se desatan las endorfinas. Y por los besos se sabe si uno está enamorado.

¿Sabes que el primer día que me besaste ya reconocí esa sensación contigo? Me recorrió un escalofrío, una especie de descarga. Y lo supe. Esa manera de besarnos, Manuel. Demasiado bueno para que tuviera que dejar de suceder algún día.

Finalmente te flaquearon las piernas y caímos tumbados sobre la cama. Yo estaba encima de ti y aproveché para tomar las riendas. Te inmovilicé los brazos y comenzamos una batalla en la que yo te privaba de mis besos a mi antojo. Y tú subías la cabeza, alargabas el cuello, buscando tu objetivo. Cuando parecía que ya no me ibas a conseguir, te ofrecía una tregua. Me acercaba a ti, dejaba que me intuyeras y con la lengua te daba de nuevo la bienvenida. Aun sin rozar nuestros labios, ellas ya comenzaban a rozarse, hasta que yo sucumbía y accedía a ti con más fuerza. Y así una y otra vez. Unas veces tú. Otras yo.

Así estuvimos un buen rato. No sabría decirte cuánto. No lo recuerdo. Perdí la noción. Y entonces, allí tumbados acariciándonos las pestañas, peinándonos las cejas, mirándonos de cerca, se nos ocurrió hablar de nosotros.

Ese fue nuestro último beso.

Tan dulce como siempre.

Un regalo envenenado.

Te quiero,
me sientes
Te siento,
me quieres
Te creo,
me mientes
Te dejo,
me hieres
Lo siento,
lo sientes
...

Te busco,
me puedes
Te hielo,
me temes
Te quiero,
me tienes
Te espero,
no vuelves

*Me contaron mis días vacíos*
*que se llenaron contigo*
*pero sin ti*

#microcuento

# 50

Creo que fue Einstein quien dijo que solo dos cosas son infinitas, el universo y la estupidez humana, y que de lo primero no estaba seguro. Doy fe de que este señor era un genio capaz de detectar no solo la expansión del universo, sino también de la estulticia del ser humano. Soy una prueba fehaciente de ello.

Hay días que consigo ver la luz y darme cuenta de que nuestra historia existió, pero ya pasó. Hay otros en los que me empeño en vivir del recuerdo y los demás días intento olvidarte sin pensar demasiado. Sin mucho éxito.

Esta mañana me he despertado muy temprano, el miedo no me dejaba dormir. Esperaba una llamada importante. Si todo salía bien me iría a vivir fuera de España un año. Me asustaba tanto irme como quedarme. En esa espera angustiosa he decidido darme una tregua. He dejado la mente en blanco, he puesto una canción en el móvil y he seguido tumbada en la cama con los ojos cerrados. Escogí el tema al azar. Salió: *Fistful of love.*

Y así, justo cuando tenía la guardia bajada, has llegado de golpe.

Te echo de menos, necesito tus abrazos y tu calor. Sé que no debo, que no me lo puedo permitir, que no quieres, que no me convienes, pero así lo siento. También sé que aquello que hubo nunca volverá porque nunca sería como entonces, pero lo siento igual.

Tanto tiempo luchando por echarte de más que había olvidado lo mucho que te echaba de menos.

Le he escrito a Berta para contárselo. Ha sido una especie de desahogo que buscaba mi redención. Quería que desapareciera mi culpabilidad al darme cuenta de que te sigo sintiendo de esta forma.

Ella, siempre comprensiva, me ha dicho que seguiré echando de menos esos momentos hasta que otro hombre me haga sentir así. Está convencida de que llegará alguien que realmente aprecie lo que yo soy capaz de dar. «Llegará el momento —me ha escrito Berta—. Hasta entonces, date una tregua y respira.»

Y eso he hecho. Y justo en ese momento, me ha llegado un mensaje de Carlos. Solo quería darme la bienvenida a la nueva estación. Lo ha hecho con una canción alegre, nada de Antony and The Johnsons.

Carlos es un amigo de una amiga. Últimamente esa es mi única fuente de ingresos masculinos: otros amigos. Mi saldo deudor en este aspecto hace que mi entorno se esfuerce en que conozca a otros hombres. Yo lo hago, los conozco, pero enseguida me recuerdan que no eres tú. A veces para bien, otras no tanto.

Qué sabrá mi tiempo perdido, Manuel, si no fue capaz de encontrarte.

*Olvidé que para quererte bien tenía que enamorarme de mí antes*

#microcuento

# 51

Y entonces apareció Pierre. Tampoco te he hablado de Pierre, Manuel. Francés, algo mayor que yo y un cielo. Estoy convencida de que la vida te pone y te quita personas por algún motivo. Él llegó a la mía para demostrarme que otro tipo de amor es posible.

Lo conocí en Barcelona. Fui a pasar el fin de semana con Berta y allí estaba él, en un bar de copas. Nunca pensé que a estas alturas iba a establecer demasiadas relaciones en la noche. Comenzamos a hablar, me explicó sus peripecias vitales, y la charla resultó de lo más interesante. Me atrapó con sus experiencias en otros países. Había vivido en la India, hablaba varios idiomas y sabía escuchar muy bien. El desenlace fue que ambos terminamos en mi hotel y Berta tuvo que cogerse otra habitación a las tantas de la madrugada. Ese era el trato. Si triunfa una, triunfa el equipo. Y triunfamos.

Pierre, el nombre me gustaba. Así llamamos al juguete sexual que nos habíamos comprado en París el invierno anterior. Me había escapado con Berta a la capital del amor y el romanticismo y, puesto que íbamos sin pareja, decidimos adquirir un recuerdo que nos hiciera sonreír cada vez que pensáramos en nuestra aventura gala.

París es la ciudad perfecta. Tan perfecta que impresiona. Fuimos un fin de semana y, como no era nuestra primera vez, decidimos vivir la ciudad de otro modo. Así que nada de visitar la torre Eiffel ni el Louvre. Esta vez optamos por el museo Rodin.

El día soleado nos acompañó en aquella visita. Un museo al aire libre, ¡cómo no había estado antes allí! Las esculturas de las manos, la pareja fundiéndose en un beso apasionado. Todas las piezas lograban dejarte hipnotizado. La luz entraba por los ventanales abiertos e iluminaba las figuras perfectas, blancas, puras.

Y entonces me asomé a una ventana y lo vi. Allí estaba con su brazo inclinado y su codo apoyado en la pierna. El pensador. Me apresuré y bajé hasta la planta baja. Fui por los jardines del museo hasta que lo tuve delante. Su postura, su pose majestuosa, provocó que su pensamiento turbador se trasladara a mí. ¿Qué estaría pensando aquel hombre, Manuel?

Por la tarde fuimos de compras y entramos en el *sex shop* más bonito al que he ido nunca. No es que sea una experta en el tema, pero es que en París incluso ese lugar tenía *charme.* Un edificio antiguo, centenario, un pórtico a la entrada, una enorme puerta de madera anticipándolo y allí estaba el jardín secreto del placer.

La dependienta, muy amable, nos hizo un recorrido minucioso por todos los artículos de la tienda. Tanto es así que compramos varios recuerdos de nuestro paso por aquel templo de los sentidos. Pero, sin lugar a dudas, el que mejor sensación nos causó fue Pierre.

La chica puso mucho afán en su descripción y nosotras fuimos unas alumnas muy disciplinadas. *C'est pour l'orgasme vaginal et clitoriane. C'est très bon.* ¡¡Y tan *bon*!!, corroboro yo ahora con conocimiento de causa. Pierre es la bomba, un amigo de los que nunca fallan.

El nombre de mi chico francés me trajo muy buenos recuerdos de aquel viaje. Le conté la historia y eso hizo que nos relajáramos en la intimidad. Se abrió la veda. Y entonces fue cuando Pierre me introdujo en el mundo del tantra, algo totalmente desconocido para mí.

Con un acento delicioso se apresuró a aclararme que, lejos de lo que piensa la mayoría, «el tantra no es correrse para adentro». Esa frase pronunciada con su erre francesa hizo que lo devorara con los ojos. Lo besé y le pedí que me explicara en qué consistía el sexo tántrico. Y así lo hizo.

«Nada de obsesionarse con la eyaculación. El objetivo es disfrutar al máximo pensando únicamente en el placer. Se trata de ir despertando los sentidos y descubrir las zonas erógenas de nuestro cuerpo. No hay que centrarse en los genitales», matizó. Yo asistía a aquella clase improvisada de teoría sexual como una colegiala con coletas. Me faltó tomar apuntes.

Después de la teoría, llegó la práctica. Y he de reconocer, Manuel, que la práctica me gustó mucho. Sus manos buscando esos lugares que hasta entonces habían desempeñado un papel secundario y a los que ahora Pierre daba la oportunidad de ser protagonistas.

Me explicó que las mujeres podemos experimentar hasta siete —¡SIETE!— tipos diferentes de orgasmos. Y aquella noche me propuse descubrir cuántos era capaz de localizar. No sé si supe diferenciar tantos tipos, pero te aseguro que sí, que disfruté muchas veces, y eso me dio una gran satisfacción.

Pensé que sería una historia de una noche, pero no fue así. Pierre me despertaba por las mañanas con un mensaje de buenos días que no ponía el punto después de decir princesa. Siempre atento, detallista, preguntando qué tal había dormido, contándome sus aventuras del día anterior, pidiéndome que fuera a verlo, viniendo por sorpresa a mi casa. Escribiéndome cartas, algunas sobre su día a día, otras sobre mí y lo que estaba sintiendo. Pierre me daba todo lo que estuve esperando de ti tanto tiempo, y eso —a ratos— me pellizcaba el corazón.

*Aire que me das si me miras*
*que me falta si no estás*
*Aire que se corta*
*en la despedida*
*Aire que contiene «ríe»*
*Aire, sin más*

#microcuento

# 52

Lo que peor llevo es no poder estar a tu lado cuando sé que lo estás pasando mal. Lo llevo peor incluso que cuando soy yo la que no está bien y tampoco encuentro tu consuelo. Por eso cuando he recibido esa llamada hoy casi se me cae el teléfono al suelo. «Candela, la madre de Manuel se ha muerto.» Ocho palabras que han retumbado en mi cabeza y que han cambiado de color el día.

Tu madre, Isabel, Isa, Bela, Bella. Tantos nombres para una persona tan chiquita pero tan encantadora. Yo la conocí de casualidad aquel día que vino a tu casa, ¿te acuerdas? Me la presentaste y me pareció una persona especial, con luz. Y ahora se había apagado.

Traté de imaginar cómo estabas, pero la sensación me angustiaba demasiado. Y no podía llamarte. Ya no te llamaba, ya no te llamo. Y sé que la ocasión lo merecía, pero preferí esperar a verte en el tanatorio. Pasé a ese segundo plano al que habíamos quedado relegados desde hacía un tiempo. Y no te llamé.

Cuando entré en la sala en la que estaba expuesta, mi corazón bombeaba tan agitado que apenas podía escuchar más sonido que el de mis latidos. Y te vi en una esquina, sereno, sobrio y triste. Muy triste. Nunca te había visto así. Es lógico, te acababas de quedar huérfano y para eso no hay marcha atrás.

Estabas con tus hermanas y diste un paso al frente al verme llegar. Te lancé una medio sonrisa y te guiñé un ojo, en un intento de hacerte ver que éramos cómplices en eso, que yo sabía cómo te sentías. Nos fundimos en un abrazo y me dijiste: «Ya nadie me va a volver a llamar hijo, Candela. No tengo a nadie que me lo llame». Dos lágrimas resbalaron por mi cara mientras tus ojos se encharcaban y con dificultad aguantaban el envite. Te apreté fuerte en el brazo y te dije que lo sentía mucho.

Y era cierto, lo sentía mucho. Y sentía más todavía no poder acompañarte esa noche de vuelta, cuando al llegar a su casa te encontraras su vestido colgado detrás de la puerta y sus zapatillas vacías a los pies de la cama. Y su peine y su colonia y la barra de labios de color rojo intenso que se ponía los días grandes. Me hubiera gustado estar contigo cuando te encontraras ese vacío en la casa de tus padres, que volvía a ser la tuya.

Y me guardé en el buzón de mensajes no enviados uno en el que te mandaba un beso. Otro en el que te decía que esa noche te estaba mirando de cerca. Y un último en el que te recordaba que te seguía queriendo.

Las ausencias, Manuel, nunca las he llevado bien. Tampoco la que te provocó la muerte de tu madre.

*De todas las opciones, de todas las personas,*
*de todos los lugares,*
*De todo entre los todos, tuviste que ser tú*
*Conmigo.*

#microcuento

## 53

Paso la vida pensando, pienso en vivirla mirando, vivo pensando que miro, meditando lo que he sido, lo que fuimos.

Pasa la vida, Manuel, y la vivo sin ti pero contigo. Y todas las preguntas las lancé al vacío y todas las respuestas las encontré en el mar una mañana soleada.

MEDITA, MEDITERRÁNEO

Me siento en la terraza
y miro el mar

Lo veo en calma,
es temprano,
las aguas reflejan un sol
tímido
que no se atreve todavía a quemar

Me mezo suavemente
entre tus olas
y compruebo que el balanceo me calma
y me engancha,
me gusta que me acune
y me saque los colores
de un sol que empieza a tostar
Muevo brazos y piernas
a un tiempo,
tú te acercas y me coges,
me giras y me encajas
Yo me dejo
y me suelto
para volver a tu cuerpo
La brisa,
antes armoniosa,
se va transformando en canción
Tu música me invade
y se hace tan cegadora como tu sol,
que ahora quema

Me siento en la terraza
y miro el mar

Las aguas embravecidas
me devuelven a la orilla,
tumbada,
exhausta por lo vivido,
recupero un aliento

que anhela el tuyo
La mente no responde
a más estímulo
que el verte,
a más voluntad
que tenerte,
de nuevo
Mi mar en calma
ya no existe
La orilla se antoja tan segura
como insuficiente
a mí,
a mis deseos
Y tú a lo lejos esperas
yéndote,
te alejas
mirándome,
desapareces
nunca más
Porque nunca más es mi condena,
la prisión que me libera,
mi cárcel de la que quiero escapar
y volver a ser tu presa
de tus besos y tu lengua,
mi mejor carcelera
Las olas
que vienen y van
contemplan la escena
Y a ratos me dejan que vuelva

El sol ya no calienta,
me abrasa
y a mí, parece que no,
que no me basta

Me siento en la terraza
y miro el mar

Las aguas sabias
me vuelven a empujar
a una orilla movediza,
que me engulle
y paraliza
El sol aprieta de nuevo,
tu música suena
y la metáfora no me deja escapar
de una arena que me quema
Quema en seco
y quema húmeda
Ciega el sol,
el mar
y hasta la tierra ciega
Cierro los ojos y duermo

Me siento en la terraza
Y miro el mar

Las aguas están en calma
pero tú y yo sabemos lo que hay,
lo que hubo,
lo que ahora somos
Nos lo recuerda la música
que ahora apenas se escucha
por la brisa
que el mar se lleva

## 54. JIMENA: BANGKOK Y LA INTENSIDAD

—Hola, buenos días. ¿Es el club de los intensos?

—Aquí, al aparato.

—Estupendo. Sí, mire, me llamo Jimena y resulta que soy intensa. He sido intensa en otros países y me acabo de mudar. Creo que puedo aportar experiencia al grupo. ¿Cuáles son los requisitos?

—Se trata de ser profunda en cualquier circunstancia o situación hasta límites insospechados, rozando el cansinismo. Un ejemplo: si sale el sol será por algún motivo, si llueve será una señal.

—¿Hay que sufrir por no saber la causa? Verá, es que yo sufro bastante. Igual estoy un poco avanzada para el grupo.

—Le haré algunas preguntas para comprobar en qué nivel nos podría encajar. ¿Sufre crisis hormonal antes, durante y después de la regla? ¿Recuerda fechas para regocijarse en el dolor? ¿Se chuta en vena canciones que dejarían al mismísimo Álex Ubago como un artista animoso?

—Sí a las tres. Mis hormonas son tan agradecidas que siempre les gusta hacerme saber en qué momento del ciclo me encuentro. Además, procuro hacerme hojas de cálculo Excel para que no se me olviden las fechas. Ubago no, no me va la música española. Yo para chutarme prefiero a James Blunt. ¿Vale?

—Enhorabuena, Jimena, Gallifante para usted. Está lista para el nivel superior. Escuchar *Goodbye my lover* en días consecutivos otorga varios créditos.

—Bueno, a decir verdad, yo lo combino con *Tears and rain.*

—Escuchar del tirón todos los discos de la banda sonora de *Anatomía de Grey* también suma.

—Yo del tirón no, pero reconozco el estilo. ¿Hacen sesiones de Intensos Anónimos?

—Sí, ofrecemos cursos esporádicos de iniciación a la trascendencia, pero a usted la veo más en un grupo de periodicidad semanal con aportaciones cotidianas al drama de la vida.

—Le cuento, yo no vivo la intensidad desde la pequeñez, sino desde la inmensidad del universo. Veo valores absolutos y sufro por no tenerlos. Por ejemplo: la fidelidad, el amor puro o la paz mundial.

—Entiendo, sería algo así como que usted se rebela porque no hay más fuentes de intensidad.

—Exacto. Y le diré algo, me encanta llevarlo a las vicisitudes de mi vida. Me explico. Hoy, sin ir más lejos, tengo una infección de oído y me he levantado con media cara hinchada y deformada. ¿Qué me dice a eso?

—Suena bien. Y nos viene de maravilla para considerar la intensidad en toda su magnitud. ¿Se ha cagado usted ya en la puta madre que parió al martillo y al yunque en toda su magnitud?

—Pues sí, ya lo he hecho, varias veces. Le relato cuál ha sido la sucesión de acontecimientos:

1. Me he levantado con una cara deformada propia de la mujer elefante.
2. Me ha venido la regla tras cincuenta y seis días de ausencia y seiscientos miligramos de progesterona sintética.
3. Con las ganas de vomitar y una bufanda en pleno verano para tapar mi cuello de luchador de Pressing Catch, me he metido en el metro y he cruzado la ciudad con otro millón de personas que también han decidido salir a la calle.
4. Unos amigos muy amables me han invitado a comer en el mejor restaurante de comida tailandesa. Y me han hecho comer infinito. De postre..., lichis. (Soy alérgica, le recuerdo.)
5. El día todavía no ha terminado. Me quedan tres horas. Y yo solo quiero sofá y muchos capítulos de *Sexo en Nueva York*.

—Mmmmm. Entiendo, Jimena. Con un poco de suerte los lichis le provocarán una alergia que contrarrestará la elefantiasis galopante. Su nivel de hormonas la sitúa hoy en el nivel avanzado de la intensidad. Está usted pisando la trascendencia absoluta. Felicidades.

—Así que, como puede imaginar, sí, me cago en la hostia puta (pero desde el respeto).

—Desde el respeto y la tolerancia, siempre.

—Le mando prueba gráfica de mi momento actual.

—¡Virgen santa!, pero ¿qué le ocurre en la cara? ¡¡Ha comido lo mismo que Kim Jong Un!!

—Qué va. Me lo he comido a él.

—¿Y qué se siente con un líder mesiánico dentro del cuerpo?

—Siento que tengo una reacción nuclear interna. Ganas de comer *kimchi* y *japchae*. Y ganas de arrasar Occidente. Más o menos.

—Entiendo. ¿Y de enriquecer uranio?

—Bueno, oficialmente no enriquecemos. A veces un cubito de caldo para usos energéticos, pero nada más.

—Tienen ustedes unos detalles magníficos.

—Hombre, lo intentamos. A veces también abrimos las fronteras para que la gente humilde pueda trabajar en el sur. A los pobres sureños les faltan esclavos vietnamitas y filipinos. Y así mi pueblo también se entretiene. Cuando nos cabreamos con los americanos cerramos otra vez.

—Está usted en todo. ¿Y qué opinión le merece la política occidental?

—Nada, todos unos capitalistas salvajes. Nosotros nos fijamos en nuestro vecino y hermano mayor. Ellos nos iluminaron con la gloria de la revolución igualitaria del consumo. Además, en Occidente no hay *kimchi.*

—Pero hay *subprimes,* primas de riesgo, recortes, desahucios... No se crea, aquí no nos aburrimos. No se enriquece uranio, eso solo lo hacen algunos. En paraísos fiscales, mayormente.

—Mire, yo nací de un lago como mi padre y mi abuelo. En Changbaishan concretamente. No miro a Occidente... ¡Soy un dios! Eso de los paraísos les pasa a ustedes por tener justicia. Aquí en casa hace tiempo que pusimos a los fiscales a hacer imanes para neveras con mi cara. Ellos se sienten más realizados y la sociedad es más armoniosa. Es un *win-win.*

—¡Qué buena idea! Además de un dios es usted muy listo. Imanes con su cara. Nosotros tenemos tazas con los rostros de todos los miembros de las casas reales. Aquí no hay dioses, claro. Y luego hay estampaciones con Obama.

—Bueno, en esto de la divinidad hay mucho aficionado también. Los reyes dicen que lo son por derecho divino, pero eso no está demostrado. Lo mío sí. Y punto.

—Una charla muy enriquecedora, desde luego. Gracias.

*Soledad es llamarle a gritos*
*y que no me haga caso*
*Soledad es llamarme a gritos*
*y no hacerme caso*

#microcuento

## 55

La última vez que hablamos de nosotros volví a recordar por qué ya no estábamos juntos desde hacía tanto tiempo. Al escucharte hablar —y callar— me acordé de tus silencios. Esos vacíos son agujeros negros, lugares inexpugnables donde los conceptos espacio-tiempo pierden sentido.

Me he preguntado dónde estarán todos esos te quiero que te lancé y que quedaron sin respuesta. Y me los he imaginado flotando en una especie de limbo donde han ido a parar también los besos y abrazos que se quedaron esperando un acuse de recibo. Junto a ellos he visto pasar nuestra casa. Sencilla, con pocos muebles y mucha luz. Y un poco más allá he encontrado nuestros álbumes de fotos futuras. Estaban llenos de viajes. Me he visto sonriendo a tu lado. Yo miraba al objetivo y tú me mirabas a mí. Tu mano apoyada en mi tripa incipiente.

Me he encontrado con tu cuerpo envolviéndome a medianoche porque me he despertado de frío. Estaba justo al lado de mi pañuelo en tu cuello porque tienes dolor de garganta. Y he podido oler las flores que me acabas de dejar en la cocina. Y de largo han pasado nuestros bailes en el salón. Se han chocado con nuestras manos entrelazadas mientras cenamos sobre la alfombra. Yo recostada sobre ti, tú recostado sobre el sofá, dos copas de vino y nuestra canción sonando.

Casi de refilón te he visto mirándome de cerca. Mis piernas en uve delante de tu torso. Y, al fondo del todo, he descubierto un espejo. Me he visto reflejada en él y solo aparecía yo. Lo demás era inventado.

Y de repente me he visto aquí
en silencio
con el mundo frente a mí
agarrándote con mi mano
y mirando como tú mirarías

He recordado al pequeño Totó agazapado en aquel cuchitril, hecho un manojo de nervios, ansioso por ver la siguiente escena en aquel museo de los recuerdos del *Cinema Paradiso.* Sin perder nunca la ilusión, fascinado por lo que le podía deparar aquella nueva historia, esperando el beso, el roce, el gesto que debía llegar al fin. Pero nunca llegaba. La tijera se imponía fría y oportuna para no dejar espacio al triunfo de lo carnal.

Manuel, tú fuiste el censor de mi entrega, de mis anhelos y mis quimeras. Fuiste recortando instantes de mi película, esa que yo me empeñaba en ver una y otra vez con la intención de que en aquel nuevo pase se incorporasen nuevas escenas. Pero no fue así. Lo que ocurrió es que los recortes de celuloide se fueron amontonando en el suelo del mismo modo en que lo hacían bajo los pies del viejo Alfredo. Y fuimos perdiendo más y más besos y abrazos. Y el desenlace de la cinta siguió sin cambiar.

Y ahora ya solo pido que dentro de un tiempo, unos años tal vez, un día reciba una caja con todos esos recortes dentro. Pegaré uno a uno los trocitos, montaré esa sucesión de escenas inconexas y comprobaré que nosotros también tuvimos momentos maravillosos que en su día censuramos y que, para entonces, ya conformarán un recuerdo feliz.

*No fue casual que tus tampocos*
*y tus tan pocos sonaran igual*
*No lo fue, que lo sé yo,*
*también y tan bien*

#microcuento

## 56

Seguramente, me equivoqué. Aquel día que te insistí para que vinieras. O aquel otro que te pregunté si todavía me querías. O cuando en aquella habitación de hotel te lloré hasta la puerta y te supliqué que no te fueras.

Seguramente, me he equivocado muchas veces. Por no creerme tus palabras en tantas ocasiones, esas que decían que éramos un «sí, pero no». Me equivoqué por pensar que sentías lo mismo y no podrías resistirte a mí, del mismo modo en que yo no lograba escaparme de ti.

Seguramente, lo hice mal al soltarme de tus brazos cuando todavía estaba enamorada. Y seguí equivocándome al hacerme la dura contigo, al intentar obviarte y también cuando las fuerzas fallaban y buscaba tu consuelo. Y erraba, una y otra vez, al esperar que de tu boca salieran palabras que tú, a esas alturas, ya no ibas a repetir.

Seguramente, me equivoqué tantas veces que me acostumbré al error. A la miopía. A mi defecto óptico que solo me dejaba mirar desde este lado porque creía que mi lado era el tuyo, que los dos estábamos en la misma orilla. Pero allí estaba yo sola y entonces me aferré a tu recuerdo. Y de nuevo me equivoqué.

Seguramente —y pese a que fui yo quien te empujó— siempre confié en que volverías. Creí que vendrías a recoger todos los besos que tenía para ti guardados y que me entregarías los abrazos que habías dejado olvidados en tu cajón. Pensé que querrías verme cada noche al cerrar los ojos y también ser lo primero que mirases al despertar. Sentirnos respirar mientras dormíamos. Eso soñaba.

Seguramente, fuiste tú quien me despertó de aquel sueño. Es posible que hicieras lo correcto. Tu «no» trajo el «sí» a tu libertad y el «quizá» a mi vida. Y, una vez más, me equivoqué al no querer creerte. Y alargué tanto ese «quizá» que ya apenas quedaba rastro de la duda, pero me aferré a ella igualmente.

Y, ahora,
seguramente,
a ratos todavía me recuerdas
Sonríes si piensas en mí
Me quieres, que lo sé yo,
para siempre
Me engaño, de nuevo,
y me equivoco

Seguramente, tú tenías razón desde el principio
Seguramente, ya no importe

Segura mente
Inseguro corazón

*—Te voy a querer siempre*
*—¿Eso no es demasiado?*
*—Tienes razón. Te querré casi siempre*
*Toda la vida, pero no todo el tiempo*

#microcuento

## 57

*Candela, luz de mi vida, fuego de mis entrañas. Pecado mío, alma mía. Can-de-la: la punta de la lengua emprende un viaje de tres pasos desde el borde del paladar para apoyarse, en el tercero, en el borde de los dientes. Can.de.la.*

*Tu pelo negro, no sabría decir si liso o rizado. Solo sé que era suave y delicado, como tú, y que olía a flores, a césped recién cortado, a naturaleza, a libertad. Esa manera tuya de mirarme, Candela. A ratos como el niño que encuentra por sorpresa su regalo, a ratos la mirada perdida —enredada en tus pensamientos, siempre inalcanzables para mí—, a ratos pura pasión.*

*Esos ojos entornados cuando te ponías sobre mí y al fin te alejabas de todo y podías dejarte llevar. Ese cambio del rosa infantil al fucsia más intenso. Esa manera de pedirme que te hiciera mío. Esa entrega me arrastró tan fuerte que se tambaleó todo lo que había construido hasta ese momento.*

*Yo soy un espíritu libre, independiente, y tú, Candela,*

*eres una orquídea —me lo dijiste una vez— y necesitas cuidados. Y yo no puedo cuidarte como tú necesitas.*

*Te lo susurré aquel día cuando con esos ojos enormes y oscuros, tan profundos que me veía reflejado en ellos, me hablabas sin decir nada. Candela, una mujer cuya mirada espantaba a las palomas. Hasta que conseguiste articular palabra y decirme con un hilo de voz: «Yo te quiero, Manuel. ¿Por qué no me quieres tú?».*

*Y recordé aquella frase que había leído años atrás y te la repetí: «Solo porque alguien no te ame como tú quieres, no significa que no te ame con todo su ser».*

*Podía quedarme un buen rato mirándote sin decir nada. Siempre he sido de pocas palabras. Y ver la forma en la que te nace el pelo. Es fascinante. Tienes un remolino muy pequeño, casi imperceptible, en la frente. Y en ese torbellino diminuto de cabellos zainos me perdía hasta que tus labios me lanzaban un aviso. Pero antes de llegar a ellos recorría con la mirada tu nariz. Una nariz contundente, rotunda, como lo eres tú, con personalidad, ni grande ni pequeña, pero que se hace ver en ese lienzo perfecto que conforma tu rostro.*

*Y no es que seas guapa, Candela, es que eres preciosa. Y creo que no te lo dije lo suficiente. Porque lo pensaba y me asustaba y me callaba y siempre salía corriendo. Porque con otras mujeres es más fácil decir adiós. Renunciar a ti es una gran putada, Candela. Y aun así, lo hice.*

*Tus labios carnosos eran mi perdición. Siempre atentos para el ataque. Me encantaba encontrarme con ellos de improviso. Que me arrancaras un beso rápido y que al ins-*

*tante cambiaras de opinión y te quedaras allí a vivir conmigo, en mi boca, toda la vida. Porque en esos instantes conseguías que el tiempo se parase, que no existiera nada más. Ni los miedos, ni el mañana. Ni los principios, ni los finales. Solo Manuel y Candela. Él y Ela. Recuerdo el día que me lo dijiste con tu carita ilusionada, con los ojos abiertos como platos, esperando ansiosa que me rindiera ante aquella casualidad cósmica, aquella señal que ineludiblemente nos convertía en almas gemelas. Él y Ela estaban hechos el uno para la otra. La otra para el uno.*

*Y luego estaba tu cuerpo. Tan delgada y tan fuerte a la vez. Tan manejable y tan carismática. Recorrer tu piel fina siempre receptiva. Y notar cómo se iba erizando tu vello a medida que te acariciaba. Y tus pechos perfectos para mis manos. Y tus caderas perfectas para mi pelvis. Y tus brazos perfectos para abrazarme y tus piernas poderosas para lo que tú quisieras hacer con ellas. Y conmigo. Porque, aunque tú no te lo creas, hubo un tiempo en el que podías hacer conmigo lo que quisieras. Era tuyo. De tus caprichos y tus encantos.*

*De lo que tú no te das cuenta es de lo que eres, Candela. Eres un envase perfecto con un perfume embriagador. Debes dárselo a quien sepa valorar tan exquisita fragancia. Yo te habría engañado con otras, te habría hecho daño, habría roto el frasco maravilloso y el perfume habría perdido con el tiempo ese aroma. Yo no estoy a la altura de lo que ofreces. Y por eso te pido perdón.*

*Y en el fondo sé que ha sido un gran aprendizaje para ambos. Tú me diste mucho, me enseñaste a amar de otra manera y a ser amado. «Nadie te va a querer así», me repetías. Nadie te va a querer así. Lo que me duele es precisamente que nos doliera tanto. Me propuse no hacerte sufrir y no lo conseguí.*

*Y fui débil mil veces porque es muy difícil decirte que no. También yo sufrí por ti, Candela, y a ratos lloré como un niño en la soledad de mi habitación. Quizá seamos números primos, condenados a estar cerca pero sin llegar a tocarse. Condenados a nuestra propia soledad. Tú eres un cohete. Un transbordador capaz de atravesar la atmósfera y salir al espacio exterior. Valiente, generosa, apasionada y con una mirada sensible que te permite retratar la vida para los demás. Y yo, Candela, fui uno de los tanques de combustible que necesitabas para elevarte. Te ayudé en tu despegue. Volamos juntos y fue maravilloso, pero tuve que regresar a tierra y a ti te dejé gravitando, donde debes estar.*

Te agradezco tu reflexión, tus palabras, Manuel. Llegan tarde, pero las agradezco igual. Al fin llegó la carta que me anunciaste, al fin la nota que siempre dejabas a medias, al fin te abriste a mí, aunque ya no sirva de nada. Una pena que esa carta sea mía, una pena que esa carta sea lo que me hubiera gustado que me escribieras. Lo que deseé que sintieras y me entregaras. Una pena.

Durante mucho tiempo fuiste una herida abierta. Hurgué y hurgué en ella para encontrarte de nuevo, Manuel. Le eché sal viviendo situaciones que nos provocaban dolor, la aderezaste con unas gotas de limón cada vez que nos veíamos y parecíamos extraños, la bañamos en vinagre con el sinsabor de los celos. Y así, sin darnos cuenta, la herida fue cerrándose. Y ahora es una cicatriz y, de vez en cuando, la miro y hasta sonrío. Y otras veces he intentado reabrirla hasta que he comprobado que de nuevo sangraba.

Como todas las cicatrices, esta también escuece la víspera de los días de lluvia. Y hoy, Manuel, el cielo está encapotado.

*Te quise como si no me fueras a romper el corazón*

#microcuento

# 58

Hoy me he puesto a mirar por el retrovisor a ver qué veía. Tanto tiempo con el foco puesto en ti que no tenía muy claro lo que me iba a encontrar. Y volviendo la vista atrás me he trasladado a Ámsterdam con Berta, aquel cigarro furtivo en la puerta de un *coffee shop* justo antes de subir a darnos un masaje tailandés, ¡en Holanda! Y el paseo en bici muertas de frío bordeando los canales y las paradas en las zonas estratégicas de avituallamiento para tomar unos Martinis que nos hicieran entrar en calor.

Y me he tropezado con el bebé de Malena. Héctor tiene ya tres años y medio, los mismos que mi nueva Candela. Recuerdo difuminado el embarazo, y sus escasos cumpleaños se amontonan en mi memoria confusa, pero lo he visto llorar y comer, y crecer y hablar por los codos y mirar a su padre como si hubiera visto a Superman y enrabietarse y pedir las cosas por favor y dar las gracias, también en inglés.

Lo he contemplado dormirse de pie y salir corriendo buscando a su madre porque se le habían pelado las rodillas de un golpe. Y llorar de rabia y de risa. Y dar besos y abrazos sin venir a cuento. O porque venían a cuento, muy a cuento.

Y volviendo sobre mis pasos he visto a mi madre cocinando para diez para guardarme esas lentejas congeladas y a mi padre a su lado diciendo que ponga más cantidad, que estoy muy flaca. Y los he notado nerviosos cuando tuve que hacer aquella entrevista de trabajo tan importante. «Hija, llama en cuanto termines y nos cuentas.»

Me he encontrado a León muerto de risa porque le he contado una situación ridícula que acababa de vivir. Esa risa suya contagiosa que te da fuelle para que alargues la tontuna hasta límites insospechados. Y ahí estaba yo, alargándola y sacando petróleo de un chiste malo. También lo he visto cogiéndome el teléfono a las ocho de la mañana para confesarle que no me podía levantar, que la tristeza tras la ruptura contigo la noche anterior me había atado a la cama y no me dejaba reaccionar.

Y allí estaba Berta, de nuevo trayéndome a casa comida japonesa y dándome un abrazo aquel día que, en el último momento, decidiste anular nuestro viaje. Y Jimena, haciéndome reír a diez mil kilómetros de distancia. Y Malena, poniéndome a su hijo en brazos para recordarme cuáles son las cosas importantes en la vida.

Y, sin avisar, ha vuelto mi abuela para darme un beso. Me ha cogido con su mano delgada y ha apretado la mía. Solo venía a recordarme aquello que me dijo una vez por teléfono: que me iba a echar mucho de menos cuando se muriera. Y me lo ha repetido. Y se ha vuelto a ir.

Y así, Manuel, podría seguir mencionándote a otras personas que merodean mi estancia sin hacer mucho ruido, pero que están siempre atentas por si necesito algo.

Girando la cabeza he vuelto a sonreír al constatar que la vida, siempre fascinante, ha puesto a personas extraordinarias a mi disposición. Como una especie de camarero refinado que va pasando con su bandeja variada y bien dispuesta ante mí para que pueda tomar lo mejor de esas personas.

He comprobado que a lo largo de estos años me he cruzado con gente maravillosa y que tú, Manuel, no eras una de esas personas. Lo intenté durante mucho tiempo. Te coloqué en lo más alto, pero no pude sostenerte. Ya no estás en mi lista de favoritos. Y ahora no habla el rencor ni el despecho, ya no. Habla la realidad que se impone tozuda.

Tú, Manuel, fuiste un quiero y no puedo para mi corazón. Un puedo y no quiero para mi cabeza. Demasiado tiempo tirado por la borda para aprender finalmente que lo que sucedió no fue por ti, sino a pesar de ti.

Porque contigo pensé que los pretéritos eran

perfectos y simples. Y ni una cosa ni la otra, Manuel.

Y después de todo, y de tanto, me doy cuenta de que te sigo queriendo. De otra forma más madura, más real, pero te sigo teniendo cariño. Y me gusta reconocerme así, generosa con el recuerdo del amor que vivimos. Porque a estas alturas el mérito de conservarlo es mío. Te lo dije aquel primer día, aquella primera vez: «para todo y para siempre». No sé si me creíste. Yo nunca te mentí.

Al final resultó que no es la vida la que me quedaba grande, fuiste tú, tu amor, el que me quedó pequeño.

Y de todo eso me di cuenta cuando decidí escapar de tus manos y coger al fin las riendas de mi vida. Entré en la clínica para someterme a un tratamiento de fecundación. Tanto tiempo buscando el amor de mi vida, tantos años dedicados a ti y a otros, y por fin descubrí que el amor de mi vida no era uno, sino dos: Martina y Jon.

*El tiempo. Todo. Locura*

#microcuento